www.tredition.de

AF196906

Anna-Lena Schöne

Charlie Jones

Auftrag des Schicksals

www.tredition.de

© 2019 Anna-Lena Schöne
Umschlag, Illustration: Mia-Sophie Schöne

Verlag & Druck: tredition GmbH, Halenreie 40-44, 22359
Hamburg

ISBN
Paperback: 978-3-7497-3202-9
Hardcover: 978-3-7497-3203-6
e-Book: 978-3-7497-3204-3

Für Mia und Katharina
Danke.

Nicht jede Tür ist es wert geöffnet zu werden.
Aber wenn sie laut ruft oder leise flüstert,
solltest du es zumindest versuchen.

Mitleid durchfährt mich, als ich auf das kleine, schreiende Bündel hinabblicke, das sich in sich in meinen Armen windet, als würde es spüren, dass es nicht länger hierbleiben kann. Als würde es wissen, dass es mit jedem Schritt, den ich mache, einen Schritt weiter weg von dem kommt, was seine Eltern einst sein Zuhause genannt hatten. Ich wage es nicht, ihm noch einmal in die winzigen Augen zu sehen, wage es nicht, diesen kindlichen Augen, noch einmal zu trotzen, mit dem Wissen es nie wieder zu tun. Ich hatte nie gedacht, dass ich einst so werden würde, wie ich es jetzt bin! Ein wehrloses Kind seinen Eltern rauben und an einen der Orte bringen, von denen ich selbst weiß, dass jenes Kind dort kein glückliches Leben führen wird. Ich bin erschrocken über meine eigenen Taten, obwohl ich weiß, dass es das Beste für ihn ist, schäme ich mich. Es ist dunkel, der Weg, den ich benutze, ist wie ausgestorben. Alles was ich sehe, sind die Bäume am Wegrand und eine einsame Tür am Horizont. Ich werde immer schneller, mein Umhang weht hinter mir her und der Wind brennt in meinen Augen, doch ich muss hier fort. Ich muss es so schnell wie möglich hinter mich bringen, sonst werde ich verrückt. Mit jedem Schritt nimmt die Tür an Größe zu, bis ich sie vollends erreicht habe, brauche ich aufgrund meiner Schnelligkeit nur wenige Minuten. Als ich sie erreiche, durchquere ich sie, schnell ohne Seitenblicke oder sonstige Vorsichtsmaßnamen. Die Luft auf der anderen Seite ist kühl, viel kälter, als dort wo ich herkomme. Die Straße, auf der ich mich nun befinde, ist weiß, gesäumt von Schnee und Eis. Ich werde wieder schneller, das Kind schreit in meinen Armen und schürt meine Selbstzweifel bei dieser waghalsigen Aktion nur noch mehr. Außer mir ist keine Menschenseele zu sehen, die einzige Tatsache, die mir das Ganze ein wenig erträglicher macht. Wahrscheinlich wäre es nicht hilfreich, würde jemanden einen rennenden alten Mann in schwarzem Umhang mit einem schreienden Kind im Arm sehen. Ich werde langsamer, denn vor mir erstreckt sich das Haus, das ich als mein Ziel bezeichne. Groß und grau sehe ich es vor mir. Die Fensterläden sind heruntergelassen und leuchten im Licht der Laternen ebenfalls grau. Ich steige die drei Treppenstufen hinauf, die mich von der Haustür trennen, als diese lieblos aufgerissen wird. Vor mir steht eine Frau mittleren Alters, ihr Blick ist gehässig, ihre Augen funkeln boshaft, als sie das Kind ins Visier nimmt. Sie nimmt es mir wortlos ab und betrachtet das kleine Gesicht, das sich ballt, bis Tränen aus seinen Augenwinkeln treten. „Noch was?" raunt sie gelangweilt. Ich gehe auf sie und das Kind zu und stecke dem Kind eine Münze in die Decke. Ich mache auf dem Absatz kehrt und gehe, entferne mich von diesem Haus. Am Boden zerstört und enttäuscht von mir selbst, denn mit dieser Tat, verliere ich nicht nur ein Kind, sondern auch einen Freund. „Viel Glück, Charlie Jones!" flüstere ich und löse mich in Luft auf.

Kapitel 1

Es war ein ganz normaler Tag in einem Waisenhaus am Rande von London. Alle Kinder spielten und tobten durch das ganze Haus, riefen und schrien sich zu. Mr. und Mrs. Clark, denen das Waisenhaus gehörte, hatten Mühe mit dem Schimpfen hinterherzukommen. Nur Charlie saß allein auf der langen Fensterbank und starrte wie gebannt auf den braunen Müllwagen, der durch die Straße schepperte und den Inhalt der Mülltonnen, einer nach der anderen mit sich nahm. Draußen war es schwül und sein schwarzes Haar klebte an seinem verhältnismäßig großen Kopf. Wie immer trug er eine schwarze Polo-Jacke. Seine eintönigen Kniestrümpfe reichten bis zu seinen Knien, wo die abgetragene Shorts begann. Er blendete alles, was um ihn herum passierte, komplett aus. Seine Umwelt war ihm meist egal und auch so sprach er nicht sonderlich viel mit seinen Mitmenschen. Allmählich wurde es dunkel draußen und die Laternen, die die Straßen beleuchten sollten, fingen an zu flackern, bis sie schlussendlich ansprangen. In der Ferne konnte man den Donner grollen hören und Blitze zuckten über den nun dunklen Himmel. Charlies kristallblaue Augen verharrten immer noch vor dem Fenster, als ihm etwas Merkwürdiges am anderen Ende der Straße auffiel. Es war eine unbestimmte Menge an Personen, nicht weniger als zwei und nicht mehr als fünf, wie Charlie sie hier noch nie gesehen hatte, da die Straße schwer zu erreichen war. Geduckt steckten sie ihre Köpfe zueinander. Eine Frau mit langem, grauschimmerndem Haar, drehte sich ruckartig zu Charlie um und sah ihm genau ins Gesicht, zumindest dachte er das, denn ihre Entfernung ließ es nicht zu, ihre Blickrichtung zu erkennen. Einzig ihr zu ihm gewandter Kopf eröffnete ihm diese Möglichkeit. Aus Angst wandte er seinen Blick in eine andere Richtung. Doch er musste wissen, wer diese Menschen waren, was sie mitten in der Nacht da unten trieben. Es erschien ihm unwahrscheinlich, dass sie sich ohne jenen Grund hier aufhielten. Er ließ seinen Blick durch die Dunkelheit streifen, jedoch waren sie nicht mehr zu sehen. Wie vom Erdboden verschluckt. Wie konnten sie so schnell fort gelangen? Er hatte nur wenige Sekunden in eine andere Richtung geschaut! Obwohl es noch nicht spät war, legte er sich in sein ungemütliches Bett, um in einen unruhigen Schlaf zu finden. Er hasste es, hier zu leben. Er hatte keine Informationen darüber, wo er herkam, oder wer er überhaupt war. Sein Name war alles, was ihm geblieben war. Sein ganzes Leben war er nun schon hier und immer noch konnte er es nicht als sein Zuhause sehen. Wie er es verabscheute! Er schloss die Augen, doch in dieser Nacht konnte er nicht schlafen. Immer wieder wachte er schweißgebadet auf, bis er schließlich kerzengerade auf seinem Bett saß. Draußen war es still, nicht einmal der Wind rauschte in den Blättern, so, wie er es sonst immer tat. Er kroch auf Händen und Füßen in Richtung Fenster, um keine Aufmerksamkeit zu erregen. Dort angekommen, schielte er über das lange Fensterbrett hinweg, wo er am Ende der leeren Straße etwas Sonderbares erkennen konnte. Es war eine Art buntes Schimmern, ein wundervoll ausschauendes Schauspiel. Die buntesten und hellsten Farben kreuzten sich am Horizont. Charlie musste wissen, was es damit auf sich hatte, was es bedeutete! Er warf sich seine abgenutzte Jacke über die Schultern und schlüpfte wieder in seine Schuhe, die nur noch von einem Paar zurückgebliebenen Fäden zusammengehalten wurden. Dann schlich er sich an den Zimmern der anderen vorbei, an die große, schwere Haustür, die sich mit einem ohrenbetäubenden Quietschen öffnete, als hinter ihm plötzlich eine wohlbekannte, gehässige Stimme zu sprechen begann: „Jones, könnten sie mir bitte erklären, was sie vorhaben?" Mrs. Clark war hinter ihm aufgetaucht. Sie hatte ihn auf frischer Tat ertappt. Ihr kurzes braunes Haar wehte widerborstig umher und die Wut stand ihr ins Gesicht geschrieben. Charlie antwortete nicht und stand nur, auf seine Füße schauend, vor ihr, wobei er die Hände ängstlich hinter dem Rücken gekreuzt hatte. „Mitkommen!", sprach sie scharf. Charlie folgte ihr mit allem Hass, den er gegen sie hegte. Sie führte ihn quer durch das Haus, bis sie schlussendlich in dem großen, leeren Speiseraum ankamen. „Also Mr. Jones, was hatten sie vor, so spät am Abend?" Ihr Grinsen weitete sich, sodass ihre widerlich gefleckten Zähne zum Vorschein kamen. „Ich wollte, ähm, nach dem Wetter sehen", log er rasch wenn auch nicht gerade überzeugend, doch es war ihm gleichgültig. „Na, da sieh mal einer an, Charlie Jones, der sich sonst nicht einmal zum Mittagessen bewegt, möchte nach dem Wetter sehen." Sie war mit ihrem Gesicht so nah gekommen, dass Charlie ihren warmen, stinkenden Atem auf seiner kalten Haut spürte. „Du bleibst hier! Hast du mich verstanden? Und wenn ich dich nur einen Finger krümmen sehe, schiebe ich dir dein Essen die nächsten Tage unter der Tür durch. Ich bin sofort zurück." Sie verschwand aus dem Zimmer und ließ die Tür hinter sich krachend ins Schloss fallen. Charlie war sich sicher, dass sie nur auf der Suche nach dem nächstbesten Rohrstock war und doch hatte er beschlossen, die waghalsige Flucht noch einmal zu wagen. Seine Strafe konnte nicht mehr härter werden und selbst wenn, wäre es ihm das wert! Er schlich sich noch einmal an die Tür und berührte erneut die hässliche Klinke. Voller Vorsicht schob er sie langsam auf, so weit, dass sein schmaler Körper gerade so durch den Spalt zwischen Tür und Wand passte. Mit einem Gefühl der Freiheit setzte er den ersten Fuß nach draußen und ehe er sich versah stand er schon inmitten der unbefahrenen Straße, die nur die Heimischen benutzten, um an ihre Häuser und Gärten zu gelangen. Draußen war es nun kühler geworden, das Gewitter hatte geendet, doch der Himmel war immer noch von dunklen Wolken überseht. Alles, was Charlie den Weg zeigte, waren die mickrigen Laternen am Straßenrand, die die Kohlstraße nur minimal beleuchteten und das geheimnisvolle Leuchten, was ihm von hier aus viel näher vorkam als aus dem Zimmerfenster heraus. Charlies Herz pochte stärker denn je, so laut das man es fast hören konnte. Er zitterte am ganzen Leib, so sehr, dass seine Zähne mehrere Male wild aufeinanderschlugen. Eigentlich hatte er noch nie richtig Angst gehabt, außer vielleicht vor Ärger oder Strafen der Waisenhausbesitzer. Er nannte sie immer so, wenn sie sich in seine Gedanken verirrten, da sie zu unangenehm waren, um sie beim Namen zu nennen. Wenn Charlie schon an ihre alten faltigen Gesichter dachte, schüttelte es ihn. Er hatte sie bildlich vor sich und Mühe dieses unschöne Bild zu verdrängen und doch freute er sich bei dem Gedanken, wie außer sich vor Wut Mrs. Clark gerade in diesem Moment wohl war. Er lief die Straße immer weiter nach hinten um eine kleine Ecke. Dort, wo die merkwürdigen Gestalten zuvor gestanden hatten, war eine Ansammlung merkwürdiger Pfeile auf dem Boden. Ob sie gemalt waren oder anders auf die Straße gekommen waren und woraus sie gemacht wurden, war Charlie unklar. Der Wind pfiff ihm sanft und warm um die Ohren und säuselte etwas vor sich hin, so, als wollte er etwas erzählen. Die grünen Baumkronen raschelten leise und nur ab und zu segelte ein Blatt lautlos zu Boden. Er lief immer und immer weiter. Seine Schritte wurden allmählich langsamer und kürzer, bis er plötzlich etwas sah, das ihm für einen Moment den Atem stahl. Mitten auf der Kohlstraße stand eine braune, unscheinbare Tür. Das Leuchten war verschwunden. Er war sich nicht sicher, ob er wirklich das sah, was er vor sich hatte oder ob ihn die Zeit im Waisenhaus verwirrt hatte. Er bremste seine Lauftempo und blieb einige Meter vor der Tür stehen. Er musste vernünftig sein und in sein Zimmer zurückkehren, egal wie sehr er es hasste. Er würde am nächsten Morgen einfach aufwachen und sich alles eingebildet haben, dachte er bei sich. Aber seine Abenteuerlust trieb ihn voran. Er trat auf die Tür zu und musterte sie so intensiv, dass man denken konnte, er könnte hindurchsehen. Schon bevor er sich überlegt hatte, was er tat, hatte seine Hand den merkwürdigen Knauf berührt. Ein sonderbares Gefühl durchflutete ihn. Sein Verstand war so klar, dass er alles Unwichtige vergessen und sich einzig auf die sinnvollen Dinge konzentrieren konnte. Auf einmal schien die Welt nicht mehr so unwirklich. Der Knauf war kalt und nass, etwas Magisches ging von ihm aus. Charlie drehte ihn zur Seite, sodass sich jene Tür mit einem Ruck öffnete.

Kapitel 2

Was er sah, ließ seinen Atem stocken. Er hatte vorher nichts gesagt, aber er war sich sicher, dass er es auch nicht gekonnt hätte. Er wusste nicht, was den Mut in ihm auflodern ließ, doch er durchquerte die Tür ohne Konsequenzen in Betracht zu ziehen. Es war atemberaubend schön, schön und angsteinflößend. Um ihn herum war es genauso dunkel wie zuvor und es lag etwas Geheimnisvolles in der Luft. Er zitterte, denn es war kühl um ihn geworden. Seltsam bunte Bäume umringten ihn und der Geruch von Sommerregen stieg ihm in die Nase. Die Atmosphäre dieser anderen Welt war beruhigend. In der Ferne konnte er Umrisse erkennen. Er richtete seine Schritte auf sie aus, denn wenn ihn nicht alles täuschte, waren es die, die zuvor auf der Kohlstraße ihr Unwesen getrieben hatten. Er stand direkt hinter ihnen, als sie sich mehr oder weniger gemeinsam umdrehten. Charlie war überrascht, als die Frau ohne Hemmung oder Verwunderung anfing zu ihm zu sprechen. „Du hast unsere Nachricht also erhalten!", sprach die Frau mit belebt rauchiger Stimme. Von der Nähe betrachtet, leuchteten ihre blauen Augen und ihr langes, graues, struppiges Haar hing offen getragen an ihrem Körper hinunter und glänzte im Mondschein merkwürdig. Neben ihr stand ein Mann mit rotblondem Haar und ebenfalls blauen Augen. Erst jetzt dachte Charlie wieder über die Worte der alten, weisen Frau nach. „Du hast unsere Nachricht also erhalten" schallte es durch seinen nun immer durcheinander werdenden Gedanken. „Ähm...nein ich glaube das muss eine Verwechslung sein", sagte Charlie nun mit zittriger und zugleich fester Stimme. „Oh nein, nein, nein! Wir aus Amatopien verwechseln nie irgendetwas", raunte nun der hübsche, jedoch zu früh gealterte, Mann, den Charlie ebenfalls in der Kohlstraße gesehen hatte. Er besaß blondes, jedoch angegrautes, zerzaustes Haar und ein langer, brauner Umhang hing chaotisch an seinem Leib hinab. Auf seinem Gesicht war ein sanftes Lächeln gezeichnet, dass den Eindruck des Wohlfühlens vermittelte. Charlie nahm seine Umwelt nur noch verschwommen war, bis er nur noch schwarz vor Augen hatte und sich anschließend rücklings auf dem Boden liegend wiederfand. Der nett wirkende Mann stand über ihn gestreckt da, während er eine Reihe seltsam klingender Wörter in sich hinein nuschelte. „Okay, Romulus er ist wach", sagte die grauhaarige Frau, die sich dicht hinter ihn gedrängt hatte. „Lebt er noch?" erkundigte sich eine vierte Stimme hinter ihnen. Sie stammte von einem Mann, den Charlie noch nicht so genau in Augenschein genommen hatte, wie die anderen zuvor. Sein sarkastischer Unterton war kaum zu überhören. „Natürlich lebt er noch, August", erwiderte die immer noch dicht hinter Charlie stehende weise Alte. „Okay steh auf Junge", hauchte sie mit rauer, dennoch besänftigender Stimme. Doch so freundlich sie auch wirken mochte, sie trug etwas Geheimes mit sich, nicht unbedingt erpicht darauf es anderen mitzuteilen. Charlie kniff sich in den Oberarm, um sicher zu gehen, nicht in einem Traum gefangen zu sein, aber er wachte nicht wie erwartet in seinem Bett auf. Er blieb verwundert an Ort und Stelle zurück und tat nun wie aufgefordert, ohne auf die Reaktionen der anderen zu achten, die halb gespannt, halb belustigt über diesen „Fluchtversuch" das Geschehen beobachteten. Das erste Mal in seinem Leben wollte er dorthin zurück, wo er gehasst und verachtet wurde. Er stellte sich auf beide Beine und begutachtete den vierten Mann aus der ungewöhnlichen Truppe. Sein langer Bart hing auf Brusthöhe, seine Haare waren sehr kurz und etwas reduzierter als gewöhnlich und trotzdem merkwürdig durcheinander. Er war mit leuchtend grünen Augen bestückt, die mandelförmig zu seiner spitzen Nase führten und dort, zusammen mit seinem Mund, ein verschmitztes Lächeln bildeten. Charlie wagte es nicht, über sein Alter nachzudenken, jedoch wirkte er erheblich älter als die anderen. „Wir wollen mal nicht so sein Junge, also ich bin Thorid, das ist Romulus", erklärte die Frau, wobei sie auf den freundlich wirkenden Mann zeigte und danach geheimnisvoll weitersprach. „Das hier ist August", erzählte sie während sie dem scheinbar ältesten der drei Gestalten freundlich zunickte. „Und das ist Felipe." „Ich bin Charlie", sagte er selbstbewusster, als er es selbst erwartet hatte. „Junge sei nicht albern. Das wissen wir doch längst. Du bist Charlie Jones", entgegnete der eben als August vorgestellte Mann. Charlies Gesichtsausdruck wurde immer verwirrter. Er war verlegen und wusste, dass er hier nicht hingehören konnte. „Ich muss langsam auch wieder nach Hause", brodelte es aus ihm heraus, ohne dass er vorher über seine jämmerlichen Worte nachgedacht hatte. Die Minen der anderen verfinsterten sich auf einmal und sie wirkten nicht mehr so nett und aufgeschlossen wie zuvor. Nur Romulus lächelte noch immer in Gedanken versunken vor sich hin. „Ich erinnere mich noch als wäre es gestern gewesen, als ich deine Mutter das erste Mal sah", flüsterte er in einer nachdenklichen Stimmlage. Charlie schluckte heftig. Seine Eingeweide verknoteten sich, seine Augen fingen an zu brennen und er konnte sich kaum auf den Beinen halten. Noch nie zuvor hatte jemand in seiner Gegenwart über seine Eltern gesprochen oder ihm erzählt, warum er überhaupt im Waisenhaus aufgewachsen war. „Ihr habt sie gekannt?" Sein Herz klopfte wild. „Oh, nicht nur das!" antwortete August mit einem verschlagenen Lächeln. „Du siehst ihr so ähnlich", sprach Thorid, deren Stimme nun traurig war. War es das, warum er hier war? Ging es um seine Mutter, die Mutter, die er liebte, ohne sie jemals zu Gesicht bekommen zu haben? Seine Gedanken wurden bestätigt, ohne dass er eine Frage formulieren musste. „Das ist der Grund warum du hier bist Charlie, deine Mutter", sagte Thorid, in deren Stimme etwas Tiefes, Kratzendes lag. Romulus sah Charlie tief in die Augen und Charlie blickte zurück. Er fühlte sich in seinem Beisein warm und angekommen, etwas verband sie tief im Inneren. Es war wie eine Macht, eine Liebe ohne Worte, wie Charlie sie vorher noch nie gespürt hatte. „Deine Mutter war eine wundervolle, Frau", sagte Romulus mit einem tiefgründigen Schnaufen, das ungezähmte Wut und tiefe Trauer zugleich vermittelte. Thorid schien das Ganze zulange zu dauern, weshalb sie anfing, die Sache selbst in die Hand zunehmen. „Charlie!" Ihre Stimme war herrisch. „Versprich mir jetzt nicht durchzudrehen." Er nickte benommen und sah Thorid genau an. Nichts würde ihn jetzt noch aus der Bahn reißen können. Nicht jetzt und nicht hier, dachte er. Ihre Mundwinkel zuckten immer wieder hoch, aber sie brachte doch kein Wort heraus. Sie setzte immer und immer wieder zum Sprechen an, aber sie brachte kein Wort über ihre Lippen. Die Blicke der anderen wanderten skeptisch von Thorid zu Charlie und von Charlie zu Thorid. August warf immer wieder schelmische Blicke zu Romulus, der diese gekonnt ignorierte, obwohl er sich anmerken ließ, dass er es nicht vollkommen ausblenden konnte. Thorid hatte immer noch nicht mit der Sprache herausgerückt und langsam entstand eine immer angespanntere Stille. August, der es scheinbar langsam leid war, den Geheimniswahrer spielen zu müssen, atmete einmal tief ein und fing dann an zu sprechen, so direkt, dass sogar die Eingeweihten ihre Blicke erschrocken auf ihn richteten. „Romulus ist dein Vater!" Thorid warf August einen bösen Blick zu, obwohl sie ihm dankbar schien. Charlie erstarrte und sein Gesicht verlor an Farbe. Noch nie zuvor hatte man ihm so eine schöne, erschreckende Nachricht überbracht. Das Einzige, worauf er sich konzentrieren konnte, war diese eine Tatsache. Romulus machte einen Schritt auf Charlie zu, und noch einen, und noch einen. Bis er direkt vor ihm stand und seine Arme um ihn schlang. „Sohn!" flüsterte er. „Vater!" flüsterte Charlie. Sein Leben hatte eine seltsam unerwartete und doch wundervolle Wendung genommen. „Charlie will jetzt lieber mit seinem Vater allein sein", murmelte Felipe leise. Charlie fragte sich, woher er dies wusste und weshalb er seine Gedanken in Worte fassen konnte. Er spürte Scham in sich aufkommen. Denn er hatte die anderen nicht wegschicken oder gar kränken wollen und drehte sich peinlich berührt in eine andere Richtung. Thorid warf Romulus noch einen bestimmenden Blick zu und verabschiedete sich dann von ihm. Auch die anderen zogen mit ihr in das große Gebäude, dass sich hinter ihnen erstreckte. Es war mit den buntesten Farben verziert und die großen Fenster wirkten magisch auf das hübsche schlossähnliche Gebäude. August und Felipe tuschelten leise miteinander, doch waren sie zu weit entfernt, dass Charlie etwas hätte verstehen können. „Mein großer, großer Junge was hast du nicht alles durchmachen müssen", sprach Romulus liebevoll. „Warum bin ich nicht hier aufgewachsen?" kam es unerwartet aus Charlies Mund. „Es ist so", begann Romulus in allen möglichen Gefühlslagen zu erzählen, „vor langer Zeit, als du noch ein Baby warst, wurdest du von hier verbannt. Die Leute aus Amatopien sagten, du wärst keiner von uns. Du wärst eine Art der Normalen, einer der Leute die Angst haben vor dem Abenteuer und die, die keine Gabe haben. Ich habe alles versucht um dich vor deinem Schicksal zu bewahren, aber sie waren nicht umzustimmen! Deine Mutter beschuldigte mich, an allem die Schuld zu tragen und seitdem wurde sie nicht mehr gesehen." Er seufzte laut und auch Charlie dachte über das eben Gehörte nach, bis ihm auf einmal etwas einfiel. „Gabe?" Verunsichert schaute Charlie seinen Vater an. Er wandte sich ab und beide schauten sie zusammen in den hellen Mond, der vor ihnen hoch oben am Himmel strahlte. „Jeder von uns hat eine Gabe, mein Sohn, schau dir zum Beispiel Felipe an, er kann Gedanken lesen. Thorid, sie ist die Königin von Amatopien, sie besitzt so gut wie jede Gabe, die es in Amatopien und im Umland gibt. August ist ein Futero kann in die Zukunft schauen und ich, ich bin ein Lovge. Ich bin es, der den Leuten die Liebe geben und nehmen kann", erklärte er. „Aber was habe ich für eine Kraft? Für eine Gabe?" „Das gilt es herauszufinden, Charlie!"

Ein langer Schatten bäumte sich hinter ihnen auf.

Kapitel 3

Thorid erschien im Mondschein und trat langsam auf sie zu. „Bist du schon zum Punkt gekommen Romulus?" fragte sie angespannt. Romulus schüttelte den Kopf und wieder schien sie sich verpflichtet zu fühlen, es selbst in die Hand zu nehmen. Schon war sie auf der Suche nach den richtigen Worten. „Charlie, du bist hier in Amatopien, da wir deine Hilfe brauchen. Wir brauchen dich, wir brauchen deine Mutter." Thorid rollte eine Träne über das Gesicht und doch sprach sie schluchzend weiter. „Sie kann uns retten sie kann uns vor dem Unheil bewahren." Sie legte die Hand an Charlies Kinn und schluchzte: „Du kannst es schaffen. Du bist unsere letzte Hoffnung." Mit einem Mal war sie verschwunden und dort wo sie eben noch gestanden hatte, war nun ein bunter Pfeil, wie Charlie ihn zuvor auf dem Asphalt der Kohlstraße gesehen hatte. Er hatte keinen blassen Schimmer, was er mit diesen geheimnisvollen Worten anfangen sollte und war froh, als sein Vater rasch das Thema wechselte, auch wenn die Fragen sich in seinem Kopf türmten. „Okay, Charlie wir fangen ganz vorne an", belehrte Romulus seinen Sohn mit einem Lächeln. „Denke ganz fest an die Wörter 'Amatopische Lichtung'. Verliere es nicht aus dem Kopf! Und nun sag mit fester Stimme. BYEKO!" Mit einem Mal stand Charlie alleine da. Er schaute sich um, doch konnte er niemanden sehen, aber dort wo Romulus, sein Vater, zuvor gestanden hatte, war nun ebenfalls ein bunter Pfeil auf dem Boden erkennbar. Er konzentrierte sich auf die Worte die er zuvor gesagt bekommen hatte. Amatopische Lichtung...Amatopische Lichtung. Er führte sich die Worte so lange vor Augen, bis er plötzlich einen Ort sehen konnte. Einen Ort, der wunderschön war. Er nahm allen Mut, den er in sich finden konnte zusammen und sprach laut und deutlich, ohne groß darüber nachzudenken, den Zauber. „BYEKO!" Nun stand er neben seinem Vater an dem Ort, den er zuvor vor Augen gehabt hatte. Um sie herum standen die buntesten Bäume. Die Blätter leuchteten in allen Farben, das Gras war weich wie Moos und überall ringsum waren kleine tierische Wesen versteckt. Erstaunt über die Schönheit, selbst bei Nacht, blickte Charlie sich überrascht um. „Für das erste Mal gar nicht übel, Charlie. Die meisten schaffen es beim ersten Mal nicht so perfekt!" überrumpelte Romulus ihn und legte seine Hand sanft auf Charlies Schulter. „Wunderschön!" Charlies Kopf drehte sich von der magischen Reise, die er eben hinter sich gebracht hatte. Er fühlte sich heimisch, ohne auch nur einen ganzen Tag dagewesen zu sein. Er sah das hier jetzt schon als sein neues Zuhause, ohne einen Hinblick darauf, was Mr. Und Mrs. Clark sagen würden, wenn er nicht wieder zurückkommen und sie ihn nie wiedersehen würden. Von einem auf dem anderen Moment war sein bisher schreckliches Leben das schönste, was er sich je hätte vorstellen können und das Beste an allem: Er hatte eine Familie. Doch egal, wie schön es um ihn herum war und egal wie sehr er die Liebe genoss, eine Frage brannte ihm unter den Nägeln und es dauerte einige Zeit, bis er sich durchgerungen hatte zu fragen. „Wo ist meine Mutter hingegangen, nachdem sie das hier verlassen hat?" fragte Charlie mit einer ausladenden Geste, während er gebannt auf die schöne bunte Lichtung vor sich schaute und tief in Gedanken versunken die bunten Farben betrachtete. Romulus dachte nach und als ‚neugeborener' und überglücklicher Vater begann er, die Frage seines Sohnes zu beantworten: „Das weiß niemand! Doch sie ist die einzige Chance. Nur sie kennt das Geheimnis." „Was hat sie für eine Gabe?" Der fragende Blick seines Vaters ließ ihn unbeholfen fortfahren. „Naja, was hat sie, was andere nicht haben? Was meinst du mit ‚Geheimnis'?" „Charlie, hör mir zu, mein Junge. Es hat weniger etwas mit ihrer Gabe zu tun, viel mehr mit ihrer Bestimmung. Sie wurde in eine einflussreiche Familie geboren. Vater und Mutter ihrerseits waren schon immer vom Bösen besessen, schon als sie ein kleines Mädchen war, versuchte man, sie an die ‚dunklen Sitten' zu gewöhnen. Ihre Eltern waren beide treue Anhänger des Bösen, egal was es war und wo es sich aufhielt. Zu der Zeit, als die ersten Drachenhüter auftauchten, war sie noch sehr jung und naiv, glaubte alles, was ihre Eltern sagten und schloss sich ihnen an!" Sein Gesicht war blass und wirkte wie Stein. „Komm mit, mein Sohn, ich zeige dir mein bescheidenes Zuhause", forderte Romulus Charlie nach einiger Zeit auf, doch die Gelassenheit, die er vor seiner Erklärung an den Tag gelegt hatte, war verschwunden. Sie liefen in einem strammen Tempo los, der Weg verlief vorbei an tausenden und abertausenden Früchten. Große und kleine, dicke und dünne, aber eins hatten sie alle gemeinsam, ihre grellen Farben lockten Charlies Blicke auf sich. In kleinen und größeren Bergen befanden sich kleine Höhlen, erfüllt von bunten Lichtern. Lichter, wie Charlie sie schon einmal zuvor gesehen hatte. Ihr Aussehen war so zauberhaft, dass Charlie ihnen seine ganze Aufmerksamkeit geopfert hätte, wäre er nicht über einen vor ihm liegenden Stein gestolpert. Sie waren auf einer großen Wiese angekommen. Mit aller Mühe drückte Charlie sich nach oben und rieb sich den, vom Aufprall immer noch ein wenig schmerzenden, Kopf. Überall waren kleine Häuschen und Hütten verstreut. Alles war mit kunstvoll gebogenen Lampen verziert, eine lustiger als die andere. Romulus stieg einen kleinen Hügel hinab, an dessen Fuß seine etwas abgelegene Hütte stand. „Komm rein." Er lächelte nun zufrieden und lieblich, aber seine Ausstrahlung hatte etwas Geheimnisvolles, Sonderbares. Was wenn er seinen Sohn gar nicht wirklich liebte? Er nur seine Gabe ausnutzen wollte, kam es Charlie in den Sinn, als hinter ihm eine Stimme ertönte. „Nein, Charlie, dein Vater liebt dich. Man kann seine Gabe nur für andere Gabenträger nutzen und nicht zu seinem eigenen Zweck." Bei diesen Worten gluckste er, wer auch immer es war. Felipe stand in der Tür und machte einen zufriedenen Eindruck. Nun lächelte Romulus Charlie ins Gesicht, legte ihm seine Hand auf die Schulter und sprach dann liebevoller denn je: „Ich hab' dich lieb!" Charlie wurde warm ums Herz und es schien, als würde es seinem Vater genauso ergehen. Charlie schaute sich das Häuschen genauer an. Es roch nach Kräutern und Tee, überall lagen spannende Geräte herum, auf einem besonders niedrigen Schrank stand ein merkwürdig geformtes Stundenglas, in dem der Sand schnell rieselte und im unteren Teil lustige Figuren zu Stande brachte. „Es ist ganz hübsch, aber eigentlich benötige ich es nicht. Ich habe es vor ein paar Wochen von August geschenkt bekommen." Romulus schien stolz auf sich und auch wenn Charlie nicht wusste warum, lächelte er sanft und ein bisschen verlegen in sich hinein. Neben dem Glas fand Charlie eine kleine Dose, verziert mit hübschen Gravierungen in den seltsamsten Formen. Sie war gefüllt mit hübschem Staub, der in den schönsten Farben schimmerte. In den dicken Rand, der sich rings um die rechteckige Dose schlug, war ein verschnörkelter Name in kleinen Lettern eingraviert: 'Tibor Secret'. Zu gerne hätte Charlie erfahren, was es damit auf sich hatte, aber er wurde von einem kleinen Wesen was vor ihm auf den Boden stand, vergnügt angesprungen. Er setzte sich auf einen Stuhl und beugte sich hinunter, um es näher zu betrachten, als es ihm urplötzlich die feuchte, runde Nase an die Wange drückte. Es hatte braunes Fell, hier und da blitzte ein grüner Tupfer hervor. Unter dem langen Fell schauten kleine, harte, knorpelige Füße hervor, die an Baumwurzeln erinnerten. Die Augen waren groß und ein lustiger Stummelschwanz lugte unter dem langen Fell hervor. „Ah, Charlie das ist Pippa. Sie ist ein Brownwood-Weibchen. Ziemlich dickköpfige Geschöpfe, wenn du mich fragst! Seit August kein Haus mehr hat, rennt sie zu oft weg, deshalb lebt sie zurzeit bei mir." Er lächelte seinen Sohn glücklich an. Die Stelle, an der Pippa ihn zuvor angetippt hatte, tat nun unbeschreiblich weh. Als Romulus seinen Sohn ansah, wusste er sofort, was soeben passiert sein musste. „Tut mir leid, eigentlich ist sie ganz lieb aber ihre freche Verspieltheit macht Einigen zu schaffen." Erklärte er mit einem misstrauischen Lächeln und beäugte die augenscheinliche Verbrennung sorgsam. Er griff in einen der halbhohen Schränke dicht an der Wand und griff nach etwas Seltsamen. Es war in eine Flasche gefüllt und brodelte heftig. Mit Bedacht schüttete Romulus die Flüssigkeit in eine hübsche, mit Mustern besetzte Schale und stellte diese vor seinen erstaunten Sohn. Es roch nach Lavendel und Minze mit einem winzigen Hauch von Kamille. „Knallkäfer-Speichel, hilft perfekt bei Brownwood Verbrennungen aber auch bei Erddrachenbissen. Atme es nur ein." Er zwinkerte ihm zu. Charlie atmete einmal tief ein und schon ließ der Schmerz ein wenig nach. Er wiederholte das Ganze ein paar Male, bis die Schmerzen endgültig vorüber waren. In der Mitte des Raumes stand ein runder Tisch, und eine Leiter führte hinauf in ein unscheinbares Dachgeschoss, wo sich offenbar ein zweiter Raum versteckt hielt. Sein Vater war beschäftigt, als Charlie etwas vor sich liegend fand. Es war ein Brief, geschrieben in unordentlicher Handschrift, der scheinbar schon einmal zusammengefaltet worden war. Neugierig begann er ihn Wort für Wort zu lesen:

Lieber Romulus,

hier hast du eine kleine Kostprobe von meiner neusten Erfindung. Ich hoffe, es gefällt dir. August hat mir von deiner Zusammenkunft mit den Drachenhütern erzählt. Ich hoffe, es geht dir wieder besser! Ich kann kaum glauben, dass Thorid die Hoffnung wirklich in deinen Sohn setzt. Da können wir nur hoffen, dass er nach dir und nicht nach seiner Mutter kommt. Ich hoffe, ich kann ihn schnellstmöglich kennenlernen, sobald du ihn bei dir hast. Im nächsten Monat werde ich vermutlich nach Amatopien kommen, um Thorid einen Besuch abzustatten. Hast du Lust dich auf eine Partie Brownwoodknack zu treffen? Ich habe dir viel zu erzählen.

Liebe Grüße dein Tibor

Charlie hatte zu Ende gelesen, doch sein durchbohrender Blick verharrte immer noch auf dem Pergament in seinen Händen.

„Hast du Hunger?" nuschelte Romulus in sich hinein, aber Charlie verstand ohne weitere Nachfrage. „Oh ja!" Romulus kam mit einem Teller, gefüllt voller komisch ausschauender Kekse zurück, als plötzlich jemand hinter ihnen in der Tür aufgetaucht war. Eine Frau mit kurzen, durchtriebenen Haaren, muskulösen Schultern und freudig strahlenden Augen. „Rixta!" rief Romulus erschrocken und kleckerte mit einem dickflüssigen, grünen Getränk, das er soeben in zwei Gläser gefüllt hatte. „Thorid will dich sprechen und ich glaube, es ist nichts Gutes! Du sollst August und den Jungen mitbringen!" Schon war sie wieder verschwunden. „Komm, Sohn. Wir sollten uns beeilen!"

Kapitel 4

Romulus und Charlie liefen eine Wiese entlang, bis sie an einem kleinen Teich ankamen, an dem ein großen weißes Zelt aufgebaut war. „Hier wohnt August. Die Drachenhüter haben sein Haus niedergebrannt, als er keine Auskunft geben wollte. Böse Menschen, wenn man sie überhaupt so nennen kann. Kreaturen trifft es vielleicht besser." Charlie folgte Romulus hinein in das Zelt, wo August in eine Zeitschrift vertieft am Tisch saß, auf deren Cover groß und mit dicken Buchstaben geschrieben stand ‚Drachenhüter greifen erneut an'. „Ah Romulus, du bist gekommen. Ich habe schon eine halbe Ewigkeit auf dich gewartet", brummte er, ohne seinen Blick von dem Artikel zu heben. Charlie warf einen verwunderten, flüchtigen Blick an seinen Vater der sachlich und doch warmherzig sagte: „August ist ein ‚Futero', er kann in die Zukunft blicken, natürlich nicht Monate oder Jahre, aber ein paar Minuten können auch von Nutzen sein." Das Zelt war vollgestellt mit scheinbar sinnlosen Apparaturen. Ein starker Pfefferminzgeruch, ähnlich dem in Romulus Hütte, nur nicht ganz so warm und herzlich, lag in der Luft. „Nun wie geht es Pippa?" fragte August völlig ab vom eigentlichen Thema. „Oh, sie macht sich hervorragend!" lachte Romulus und zwinkerte Charlie zu, der sich reflexartig ins Gesicht fassen musste. August stand auf und lief aus dem Zelt hinaus, wo er anfing sich heftig zu strecken und einmal laut gähnte. „Okay los geht es, wo geht es hin?" „Thorid will uns sprechen, aber das müsstest du ja bereits wissen", bemerkte Romulus in einem herausfordernden Ton. „Ja Romulus, aber ich wollte mir nicht die Mühe machen, denn die Zeit ist eine heikle Sache." Auf einmal war August weg und alles was er gelassen hatte, war ein bunter Pfeil auf dem Boden sowie seine geheimnisvolle Stimme in den Ohren der Umstehenden. „Charlie, Palast", zählte Romulus abgehackt auf und verschwand. Alles, was Charlie hören und sehen konnte war ein lautes „Byeko" und natürlich ein bunter Pfeil auf dem Boden, das hatte Charlie schon verstanden. Palast, dachte Charlie und vor seinen geschlossenen Augen baute sich das große schlossähnliche Gebäude auf, vor dem er vorhin gestanden hatte. „Byeko." Er sprach schnell um den ‚magischen Eigentransport' zügig hinter sich zu bekommen. Mit einem Mal stand er vor einer großen Tür, mitten in einem der vielen bunt verzierten Flure. Er sah sich um, doch konnte er seinen Vater nirgends entdecken! Ein zweites Mal drehte er seinen Kopf in alle Richtungen, doch keiner war zu sehen. Charlie trat einen Schritt vor und durchdachte seine Möglichkeiten, bis er zu dem Ergebnis kam, dass er keine andere Wahl hatte, als sich auf eigene Faust durchzuschlagen. Er lief den Flur, in dem er angekommen war, nach bis dieser eine scharfe Linkskurve machte. Wäre er nicht abrupt stehen geblieben, hätte ihn eine Gruppe Soldaten überrannt, die gerade dabei war, durch die Gänge und Flure zu streifen, um nach ungebetenen Gästen Ausschau zu halten. Sie trugen glänzende Rüstungen, um ihre Hüften bahnten sich lange, ledrige Gürtel. Sie blieben stehen und sahen sich den jungen Sprössling, der vor ihnen stand, genau an. Einer von ihnen zog ein großes, furchteinflößendes Schwert aus dessen Scheide. Sein Haar war lang und grau, ungleichmäßig fiel es an seinem maskulinen Kopf hinab. „Wer bist du?" fragte er kaltherzig. „Ich bin Charlie Jones!" Er wusste nicht genau, was er tat, aber insgeheim hoffte er, dass ihm sein Name weiterhelfen würde. „Bist du dir sicher, dass du die Wahrheit sprichst?" fragte der Soldat. Seine Augen waren geweitet. „Warum sollte ich lügen? Sir!" „Sir? So hat mich auch noch niemand genannt! Was willst du hier?" „Ich habe mich verlaufen, ich suche Thorid. Könnt ihr mir bei meiner Suche behilflich sein?" Er war selbst überrascht, wieviel Selbstvertrauen er bei diesem Satz an den Tag legte. „Komm mit, ich warne dich, wenn nur ein Haar von deiner Geschichte eine Lüge ist, dann werde ich dich in Stücke reißen!" Charlie fand diese Art von Gespräch angsteinflößend, obwohl er wusste, dass der Soldat es nicht so meinte. Der Unterton seiner Stimme war, wie es schien, warmherziger, als ihm selbst lieb war. Er führte ihn durch das Schloss. Überall sah man Dienstmädchen und Küchenjungen, alle eifrig bei der Sache. An den Wänden hingen Portraits, eins älter und schöner als das andere und die Decke war mit liebevollen Mustern bemalt worden. Charlie hatte sämtliches Zeitgefühl verloren, doch es schien eine Ewigkeit zu dauern, bis sie endlich den Gang erreicht hatten, in dem er seinen Vater und August stehen sah. „Ah, da bist du ja", sagte Romulus. Er warf dem großen Soldaten einen Blick zu und lächelte leicht. „Danke Kasimir!" sprach er zu ihm. „Gerne, Romulus. Also hat uns dein Junge die Wahrheit erzählt." Er sah nun Charlie an und sagte flüchtig: „Ich muss mich bei dir entschuldigen, Junge! Aber ich habe keine Zeit für lange Gespräche. Ich und die Männer hinter mir müssen das Schloss bewachen!" Und mit diesen Worten zog er von dannen. Die Frau, die Charlie zuvor in Romulus Hütte das erste Mal gesehen hatte, öffnete ihnen eine schwere Holztür, die er erst jetzt bemerkte, dann traten sie ein. „Danke Rixta", hörte man es aus Augusts Mund kommen, wobei er Rixta einen charmanten Blick zuwarf, den diese aber nicht erwiderte. Der Raum, in dem sie jetzt standen, war groß. Die Decke wurde von mehreren Säulen gehalten, die sich optimal im Raum verteilten. Am Ende des Raumes, der eher eine Halle war, stand ein großer Stuhl. Es lag Magie in der Luft, man konnte spüren, dass sie schon viele Zeiten überdauert hatte und auch in den dunkelsten nicht nachlassen würde. Kaum waren sie eingetreten, erschien Thorid vor ihren Augen, ihre seltsamen Haare zu einem Zopf gebunden und den langen blauen Umhang auf dem Boden hinter sich herziehend. Mit schnellem Gang schritt sie auf die drei Ahnungslosen zu und machte kurz vor ihren fragenden Gesichtern halt. „Thorid, wir sind da, wie gewünscht", erwähnte August mit einem kessen Lächeln und Thorids Blick wurde nur noch strenger, als er zuvor schon gewesen war. Mit einem Mal war August nicht mehr der arme, alte Mann für den Charlie ihn die ganze Zeit gehalten hatte. Vielmehr spiegelte sein Gesicht nun der Spaß und die Abenteuer, die er schon durchgestanden hatte, wider, doch vor allem das Kind, was er einmal gewesen war. „Romulus, Charlie", ihr Blick verfinsterte sich ein wenig, aber löste sich sofort in ein Lächeln auf. „August, ich denke, ihr wisst, warum ich euch hergerufen habe?" „Nein", kam es sarkastisch über Romulus Lippen. „Setzt euch bitte." Sie hob ihre alte, knochige Hand schnell in die Höhe und wie aus dem Nichts erschienen vier Stühle dicht vor ihren Füßen, sodass Charlie gar nicht mehr aus dem Staunen herauskam. „Rixta, schließ bitte die Tür hinter dir und bring uns etwas Wespenwasser." Rixta tat wie gesagt und verschwand fürs Erste nach draußen, bis sie nach ein paar Sekunden erneut erschien und jedem einen mit Flüssigkeit gefüllten, bunten Becher in die Hand drückte. Thorids Blick war mit einem Mal zusammengesackt. Ihre Augen waren nass und wirkten leer. „Ihr seid Amatopiens letzte Hoffnung", sprach sie, wobei ihre Stimme immer leiser und wehleidiger wurde. „Ihr müsst Iris finden." „Aber Thorid, warum ich? Können nicht stattdessen Felipe oder Paulus mitgehen?" August wirkte bei diesen Worten sehr angespannt und als Charlie genau hinsah, erkannte er ein leichtes, unterdrücktes Zittern. „August, sie brauchen einen Futero! Sie brauchen dich." „Aber...", wollte August widersprechen, doch antwortete er dann mit einem verständnisvollen Nicken, jedoch Thorids Blick entweichend. Nun wandte sie sich an Romulus und hauchte ihre Worte geheimnisvoll traurig in seine Richtung: „Ich glaube an dich, du kannst es schaffen!" Romulus antwortete nicht und starrte auf den Boden, der sich vor seinen Füßen erstreckte. „Wir gehen jetzt sofort los." Romulus sprach mit so viel Entschlossenheit, dass sich niemand traute, ihm zu widersprechen. Dann stand er auf und rief laut „Byeko" und nochmals war an Ort und Stelle ein Pfeil erschienen, jedoch nicht bunt, wie bei den vorherigen Malen, sondern in einem dunklen Blau. „Was ist das? Warum?" dachte Charlie laut, erschrocken darüber eine Antwort zu erhalten. „Die Pfeilfarbe kann die Gefühle ausdrücken und du musst wissen, es ist sehr schwer, sie bändigen zu lernen", erklärte Thorid, als August für sie weitererzählte: „Blau steht für Wut." Er atmete einmal tief ein und schwieg. Charlie wusste nicht, weshalb der Pfeil eine blaue Farbe angenommen hatte, aber er dachte auch nicht weiter darüber nach, da er, wie er dachte, wahrscheinlich eh zu einem falschen Entschluss kommen würde. „Er ist wahrscheinlich in seiner Hütte. August sei bitte so freundlich und bring Charlie zu seinem Vater. Ich würde euch gerne begleiten, aber ich habe im Moment viel um die Ohren." Und mit diesen Worten war auch Thorid fürs Erste aus ihren Augenwinkeln verschwunden. „Okay, komm Junge."

Kapitel 5

Sie liefen schweigend Seite an Seite, doch es war keine unange-
nehme Ruhe. Augusts Ausstrahlung hatte etwas Beruhigendes
und gab Charlie das Gefühl, alles richtig zu machen. Sie waren an
der kleinen Hütte angelangt, als August leicht an die Tür klopfte.
Doch niemand öffnete. August stieß die Tür auf und die Beiden
sahen Romulus auf seinem Stuhl sitzen, den Kopf auf den Tisch
gelegt. „Ich kann das nicht", sagte Romulus nun scharf flüsternd.
„Du nicht Romulus, aber wir!" Er lächelte traurig und doch
umgab ihn eine Aura von Liebe. „Packt eure Sachen zusammen,
es geht los." August verschwand aus dem Haus und lief angeregt
pfeifend zu seinem Zelt. Romulus stieg, wenn auch ein wenig angeschlagen, die alte Leiter, die in das obere Stockwerk führte, hinauf. Charlie war hin und her gerissen, was sollte er tun? Er musste
zurück ‚nach Hause', wo Mrs. Clark wahrscheinlich schon vergeblich nach ihm suchte. Ebenso musste er hierbleiben und Iris,
wer auch immer es war, retten. Außerdem war hier seine Familie
und er hatte wohl kaum das Verbot bei seinem Vater zu leben.
„Wer ist sie? Wen müssen wir suchen?" fragte Charlie mit einer
Vorahnung, als sein Vater gerade ein Stockwerk über ihm angekommen war. Im Nachhinein erschien ihm seine eigene Frage
schon fast sinnlos. Er verfiel ins Stottern „Deine...deine...Mutter."
Wieder schien er für einen kurzen Moment aus der Bahn gewor-
fen. Er hatte eine Tasche über die Schulter hängen, die hin und
her schaukelte, sie war prall gefüllt, jedoch, ohne dass man den
Inhalt erahnen konnte. In seiner Hand lag etwas geheimnisvoll
Strahlendes. Es erinnerte an ein Medaillon und leuchtete in einem

wundervollen Silber, das von einem kleinen grünen Edelstein erheblich aufgepeppt wurde. Er stellte sich vor seinen Sohn, wobei er anfing ihm tief in die Augen zu schauen. „Das ist für dich mein Junge!" Romulus überreichte das Medaillon seinem Sohn. „Was ist das?" fragte Charlie, in der Hoffnung ihn nicht gekränkt zu haben. „Das ist ein Liesokop. Legst du es demjenigen um den Hals, dem du nicht traust, wirst du die Wahrheit erfahren." „Toll, …", staunte Charlie und nahm es freudig und dankbar an sich. Er steckte es in seine Shorts, die er nicht einmal zum Schlafen ausgezogen hatte und noch einmal spiegelte sich alles in seinem Kopf wider. Soeben hatte er noch in seinem Bett gelegen, ohne Freunde und Familie. Jetzt war er an einem der schönsten Orte der Welt, mit einer Person, die er liebte, ohne sie richtig zu kennen und schon auf dem Weg in ein riesiges Abenteuer. August riss ihn aus seinen Träumen, als er plötzlich in der Tür stand und munter ein Liedchen pfiff. Er hielt einen Beutel in der Hand, der bunt strahlte und ein lustiges Farbenspiel veranstaltete. „Kann losgehen." Ein schelmisches Lächeln kam auf Romulus Gesicht zum Vorschein. „Wir haben keinen Ansatz", begann August zu zweifeln. Sie beschlossen, den Zufall entscheiden zu lassen und liefen einfach los, in irgendeine Richtung, in irgendeinen Wald, mit irgendeinem Weg, der an irgendeinem Bach vorbeiführte. Sie kamen vorbei an dunkeln Wäldern, tiefschwarzen Höhlen und reißenden Flüssen. Der Tag neigte sich langsam dem Ende und die Sonne versteckte sich hinter den hohen Bergen. Sie waren weit gekommen, obwohl ihre Füße schmerzten und sich nach einer Pause sehnten. Sie waren ängstlich, welche Gestalten der Nacht über sie herfallen könnten. August entdeckte eine kleine Lichtung vor ihnen, auf der sie nächtigen würden. Auf der einen Seite beschützte sie ein Berg vor ungewollten Blicken, auf der anderen waren es Bäume, die die

Sicht auf sie halbwegs verdeckten. August entzündete ein Feuer. Ein Wort reichte ihm aus um die Flammen lodern zulassen. Magie! Charlie staunte, obwohl ihm bewusst war, von welcher Wichtigkeit die Zauber hier waren. Es faszinierte ihn, zu sehen, mit welcher Leichtigkeit August diesen Akt der Magie vollbrachte. Die drei setzten sich um das knisternde Feuer und lauschten den Geräuschen der Nacht. Romulus hatte den Arm um Charlie geschlungen, und August lehnte mit verschränkten Beinen an einem Stein, der bis zu seiner Hüfte ragte. „Es ist so wunderschön hier!" wisperte Charlie. Er sprach leise, aber laut genug, um verstanden zu werden. „Es ist schön, nicht mehr allein zu sein!" führte er sein Gespräch fort. „Du warst nie allein", flüsterte Romulus sanft. „Wie meinst du das?" hakte Charlie nach und auch August war hellhörig geworden. „Ich konnte dich nicht zurückholen, ich konnte nicht mit dir sprechen. Ich war mir damals sicher, dass du hinterfragen würdest wer ich bin, sobald ich mich dir gezeigt hätte. Aber ich konnte anders bei dir sein! Ich konnte dir helfen, sobald du dich wieder einmal in eine brenzlige Situation gebracht hattest. Du erinnerst dich wahrscheinlich an die seltsamen Kinder, die nie einer gesehen hatte. Die, die von Haus zu Haus gingen und an den Türen der Fremden klingelten, um sich zu verstecken. Ich bin mir ziemlich sicher, dass dir recht früh aufgefallen ist, dass es einen anderen Hintergrund als Kinder gab und dass dies immer geschah, wenn du etwas ausgefressen und auf dem Weg zu den Konsequenzen warst. Die Magie erlaubte es mir." Diese Erkenntnis sickerte langsam in Charlies Gedanken und es rührte ihn, doch er wusste nicht, wie er es zum Ausdruck bringen sollte. Aber sein Gesicht schien Bände zu sprechen. „Du brauchst dich nicht zu bedanken, Charlie. Ich bin dein Vater, mein Handeln ist selbstverständlich." Charlie lächelte. August war gerührt und lächelte die beiden glücklich an. Es war spät geworden. Der Mond stand nicht mehr direkt am Himmel, es musste nach Mitternacht sein. Sie legten sich in ihre Schlafsäcke und schliefen bald ein. Die Nacht war kurz gewesen. Als Charlie erwachte, fand er sich in den Armen seines Vaters wieder. Er konnte sich nicht daran erinnern, so eingeschlafen zu sein, aber es machte ihn glücklich, auch wenn andere ihn wahrscheinlich für ,zu alt' für so etwas gehalten hätten. Er schaute sich um, um nach der Ursache für sein frühes Erwachen zu sehen. August hatte ebenfalls die Augen aufgeschlagen und saß hellwach in seinem Schlafsack. Als er Charlie erblickte, presste er den Finger an die Lippen und bedeutete ihm zu lauschen. In nicht allzu weiter Entfernung konnten sie jemanden sprechen hören. Nun war auch Romulus erwacht, er gähnte. Er brauchte keinen Anstoß, um ruhig zu sein, sofort lauschte er mit ihnen. Hektisch, aber leise, begannen sie ihre Schlafsäcke einzurollen und alle sonstigen Hinweise auf ihr Dasein so gut wie möglich zu verbergen. Sie verständigten sich mit Blicken, obwohl es nicht einfach war, doch am Ende liefen sie in dieselbe Richtung. Auf die Suche nach dem Ursprung der Stimmen. Die Sonne stand am Himmel und der Tag war angebrochen. Sie liefen in die Richtung, aus der der Wind die Stimmen zu ihnen trug. Sie mussten vor einer von Büschen geschützten Lichtung halt machen um die Fremden, was sie auch für Absichten hatten, nicht auf sie aufmerksam zu machen. August schob die Blätter spaltbreit und so leise wie möglich auseinander, um zu schauen ob die Leute in ihren Absichten wohlgesonnen waren. Um eine gelöschte Feuerstelle saßen drei Gestalten. Einer von ihnen war dünn, seine Statur erinnerte Charlie an August, doch seine Haarpracht war wesentlich voller. Der Dolch in seinem Gürtel und der volle Köcher auf seinem Rücken waren das, was wirklich Charlies Blicke auf sich zog. Neben ihm saß eine Frau, die Mimik hart wie Stein, aber mit beim Sprechen unaufhaltsamer Gestik. Ihre Taille wurde betont durch ein olivgrünes Kleid, das ein braun geflochtener Gürtel zierte, kurze schwarze Haare bedeckten ihren Kopf. Sie war recht hübsch, doch sie hatte ihre Arme gekreuzt und wirkte angespannt. Immer wieder blickte sie in alle Richtungen, als ob sie fürchtete gesehen oder gehört zu werden. Die dritte und letzte Person, die nicht sofort ins Auge fiel, obwohl sie am breitesten von allen gebaut war, saß mit dem Rücken zu Charlie und seinen Begleitern. Trotzdem waren die stark ausgeprägten Muskeln unschwer zu erkennen. Er hatte keine Haare und ein schwarzer Ohrring schmückte das linke Ohr. Eines hatten sie alle gemeinsam: ein schwarzes verschnörkeltes Zeichen dekorierte ihre Schultern. Bis jetzt hatten sie still neben einander gesessen und regelmäßig eine Suppe über dem gelöschten Feuer gerührt, aber jetzt fingen sie wieder an zu sprechen. Charlie war so leise, dass er fast das Atmen vergaß und auch die anderen Beiden wirkten unnatürlich ruhig „Wir müssen den Jungen finden! Wir müssen tun, was die Herrin uns befiehlt, oder sie wird uns umbringen!" fauchte die einzige Frau in der kleinen Runde. „Wie sollen wir das schaffen? Wenn es weiter so geht, tagelang sinnlos durch die Gegend laufen und nichts Anderes zu essen haben als diese Suppe. Dann bin ich froh, wenn es schnell geht und ich nicht elendig verhungere!" antwortete der hagere Mann, der stark an August erinnerte, gereizt. Die Drei lauschten gespannt. „Lass ihn, Enya, er war ihr noch nie treu! Wenn er aufgibt, werden wir es auch ohne ihn schaffen", sprach der Dritte aus der Gruppe, der bis jetzt noch nichts gesagt hatte. Die Art, wie er sprach, ließ ihn dümmlich herübergekommen. „Was hast du da eben gesagt?" fragte der Älteste, wobei er seinen Dolch zog. „Antek", flüsterte August in bitterbösem Ton. Seine Augen waren wutentbrannt. „Was?" fragte Romulus nach, doch August war nicht nach antworten zumute. „Drachenhüter", antwortete er, als hinter ihnen ein lautes Gebrüll zu hören war. August, Charlie und Romulus drehten sich reflexartig um. Dicht hinter ihnen war ein großer blau-grauer Drache aufgetaucht, der wild mit den angsteinflößenden Flügeln schlug, wobei er seine grauenvollen Zähne fletschte. Er hatte ein vernarbtes Gesicht, sein Körper war von oben bis unten mit übergroßen Stacheln besetzt und wenn man nicht so fixiert auf die riesigen Hörner am Kopf gewesen wäre, wäre man bei dem Anblick seiner Schuppen gestorben, die einem nur die Aussicht auf einen baldigen Tod versprachen. Aus seinen Nüstern stoben immer wieder kleine Rauchschwaden hervor. „Wer ist da?" schrie der dünne Mann, während er seinen spindeldürren Körper nach oben drückte. Auch die anderen Beiden erhoben sich und liefen, wie es aussah, ihrem Gefolgsmann nach. Einer der drei erblickte Charlie, wie er auf dem Boden kroch und einen Fluchtversuch wagte. Der dritte Mann der Runde streckte gefährlich seine Hand aus und wollte Charlie einen Fluch aufhetzen, doch dieser entkam knapp. Jedoch fühlte er sich wie gelähmt. Er konnte sich kaum bewegen und alles, was er sah, war der mit Erde bedeckte Boden, auf dem er lag. Urplötzlich sprang August auf, schaute dem anderen der scheinbar bösen Männer genau in die Augen und brüllte dann wütend und doch ein wenig betreten: „Antek!" Seine betretene Mine wurde hoch von der Wut übertrumpft, die er jetzt zum Besten gab. „August", sprach dieser es ihm nachahmend und jetzt fing es erst richtig an. Romulus hielt sich im Hinterhalt, jedoch jederzeit zum Angriff bereit. August und der andere Mann, dessen Name offensichtlich Antek war, fuchtelten wild mit ihren Händen herum, wobei sie einen sehr großen Abstand hatten. Gegenseitig wurden sie, wie an durchsichtigen Fäden befestigt, durch die Luft geschmissen. Als Antek hoch durch die Luft flog, sah man eine lange Narbe, die seinen ganzen Rücken bedeckte. „Schnell, laufen wir", Romulus war schon einige Meter voraus, als der Drache sich Charlie in den Weg stellte und es dauerte nicht lange, bis auch Charlie wild durch die Luft flog. Er landete vor den Füßen seines Vaters, aber er bekam nichts mehr mit. Alles, was er noch sah, war der riesige Drache, der mit seinem Trupp auf dem Rücken floh. Romulus nahm den jetzt reglosen Körper seines Sohnes und trug ihn, ängstlich, was die Zukunft bringen würde, in den Schutz des Waldes, wo August schon auf sie wartete.

Kapitel 6

Als Charlie langsam wieder zu sich kam, hatte er keine Kraft seine Augen zu öffnen. Schwach lag er auf dem weichen Waldboden. Er wusste nicht, wo er war oder was ihn hierhergebracht hatte. Alles, was er wusste, war, dass ihm nichts geschehen konnte, solange er im Schutz seines Vaters war. „Dieser Mistkerl", hörte er August mit sich selbst reden. „Reg dich ab", lachte Romulus ohne irgendeine kleine Ahnung über Augusts Wut und hielt seine Hand auf Charlies Gesicht. Charlie spürte etwas was sich wie eine Energie anfühlte, wie etwas, was ihn heilte. Seine unerträglichen Schmerzen wurden allmählich weniger und Wärme durchflutete seinen zuvor kalten Körper. Auch ohne etwas zu sehen, konnte er fühlen, wie sehr das Blut an seinem Bein hinuntertropfte. Endlich nahm Romulus die Hand von Charlies Augen und er konnte seine Umwelt klar erkennen. Neben ihm schlängelte sich ein kleines Rinnsal von Blut, aber die Wunde war verschwunden und hatte nur eine kaum sichtbare Narbe zurückgelassen. Charlie lag mitten im Wald unter einem Baum, allerdings war dieser nicht so bunt, wie er die anderen in Amatopien wahrgenommen hatte, sondern grün, mit einem braunen Stamm, wie er sie aus London kannte. Jedoch war dies auch das Einzige weit und breit, was normal aussah. Um sie herum schwebten und flogen komische Lebewesen, so groß wie Libellen, mit riesigen Köpfen und kurzen Hinterteilen. August saß allein in einer Ecke und schaute betrübt umher. Sie aßen Insektentaler, die Romulus gerade ausgepackt hatte und weiter wusste Charlie nicht, denn nach einem so anstrengenden Kampf schlief er schon nach dem ersten Taler ein. Als er nach einiger Zeit seine Augen wieder aufschlug, war alles wieder verstaut und alle waren für die weitere Reise fertig. Charlie fühlte sich gehetzt und fragte sich, wieso alles so schnell gehen musste, als ihm wieder einfiel, warum sie überhaupt aufgebrochen waren. Er stand nun ebenfalls auf und hoffte, dass einer der anderen entscheiden würde, wo sie entlanggingen. Sie gingen in Richtung eines kleinen Baches, an dem sie ihren Durst stillen konnten. Plötzlich wurde Charlie schwarz vor Augen, er sah etwas Ungewöhnliches. Er stand auf einer hübschen Wiese, auf der unzählig viele Häuser standen, über ihm waren dicke Wolken und doch wirkte es so schön, wie nichts anders auf der Welt. Nichts, was er bisher gesehen hatte, konnte mit diesem Ort mithalten. Seine Augen schlugen wie automatisch hoch und er fand sich auf dem Boden liegend wieder. Er hatte keinen blassen Schimmer, was passiert war. Alles was er hatte, waren die Bilder in seinem Kopf. Hatten sie etwas mit der Suche zu tun? „Was ist passiert Charlie?" fragte Romulus, der angerannt gekommen war. „Dad, es war eine Wiese, dort lebte jemand, viele kleine Häuser." Charlie war komplett durch den Wind, aber August hatte wie meistens die passende Antwort: „Charlie du bist ein Villamoer!" „Ein was?" „Ein Villamoer Sohn!" erklärte sein Vater, völlig aus dem Häuschen. „Endlich. Deine Gabe." Jetzt verstand Charlie. Er konnte Orte sehen, an denen er vorher noch nie gewesen war. Mit einem Mal war der ganze Trubel vergessen und Vater und Sohn hatten neue Kraft getankt. Niemand dachte weiter über die Vision nach, da sie glücklich über diese eine Tatsache waren. Nur August war betrübt und strahlte etwas Trauriges aus. Er ließ seinen Kopf hängen und stocherte gedankenverloren mit einem Stock im Dreck herum. „Was liegt dir auf dem Herzen August?" fragte Romulus lächelnd, offen und freundlich bereit, Augusts Sorgen auf sich zu

nehmen. „Ach..." August winkte ab. „Nichts." Auf diese Antwort
zog Romulus die Augenbraue hoch, was August offenbar bemerkte. „Es ist nur so..." Er zögerte kurz, ehe er weiterredete und
es dauerte ewig, bis er die richtigen Worte gefunden hatte. „Antek." Doch weiter sprach er nicht. Er schwieg, und alles was sie
hatten, war das abgehakte Wort ‚Antek'. Bisher hatte Charlie August noch nicht so wütend und traurig zugleich erlebt. Ein weiteres Mal setzte August zum Sprechen an und dieses Mal kamen
die Worte nur so aus seinem Mund gebrodelt. „Romulus, wenn
ich sage es ist nichts, dann ist auch nichts. Lass mich in Ruhe, ich
muss nachdenken." Charlie und Romulus klappten die Kinnla-
den runter. Nach einiger Zeit überkam August Reue und er ent-
schuldigte sich. Dann äußerte er sich in einem Ton, als ob er sich
noch nicht ganz sicher wäre: „Na gut ich werde euch erzählen,
was ihr wissen wollt, aber wehe, ihr stellt Fragen, denn dann
werde ich meinen Weg von hier allein fortsetzen." Es war eine
leere Drohung, aber Charlie und Romulus wussten, was sie zu tun
hatten. Als er sich sicher war, dass sie verstanden hatten, fing er
an zu erzählen. „Wir waren schon als Kinder sehr unterschiedlich.
Er interessierte sich für Drachen und fand die Tätigkeiten der Drachenhüter ‚anspruchsvoll und lobenswert'." Vater und Sohn
wussten nicht, wen er mit ‚wir' meinen könnte, aber schon im
nächsten Satz erfuhren sie es. „Ihr wisst schon - Antek. Als unser
Vater im Kampf um die Gerechtigkeit fiel, musste Mutter an seine
Stelle treten und Königin werden." Romulus und Charlie waren
verblüfft. August hatte einen Bruder und noch dazu war er ein
Prinz! Aber sie konnten ihre Gedanken nicht zum Ausdruck bringen, denn August setzte seine Geschichte fort. „Wir beide waren
geschockt, von dem unerwarteten Schicksalsschlag und unser Leben änderte sich schlagartig. Ich verlor Antek aus den Augen,

denn ich ging, um bei Ilva und ihrem Mann Lovis in die Lehre zu gehen. Magischer Steinmetz zu werden, war schon immer mein größter Traum gewesen." Er schwieg kurz und atmete einmal hörbar und tief seufzend, ehe er weitersprach. „Eines Tages kam Thorid in die schlichte Scheune, um mit Ilva zu sprechen. Sie war begeistert von meinen magischen Fähigkeiten und meiner Fingerfertigkeit, wie sie sagte, und wollte mich als ihren Gehilfen einstellen. Sie machte mir ausdrücklich klar, dass sie mich nicht zum Diener nehmen wollte. Sie wollte mich ausbilden! Sie lehrte mich das Bändigen der Pfeilfarben und bildete mich zum perfekten Kämpfer aus." Er atmete tief ein und wollte eigentlich aufhören zu erzählen, als er bemerkte, wie sehr seine beiden Zuhörer ihm an seinen Lippen hingen und noch lange nicht genug hatten. Also setzte er seine Erzählung fort: „Oft genug erwähnte sie, dass mir sogar die höchst Gelehrten nicht mehr viel beibringen könnten und sie mich in der nächsten Zeit brauchen würde, im ewigwährenden Kampf gegen das Böse. Ich stimmte zu, ohne zu wissen, was sie von mir verlangen konnte. Sie erzählte mir von einem Kind, dass gezwungen war Amatopien zu verlassen, sie verschwieg mir, warum. Ich wusste nicht, warum sie mir das erzählte, aber als ihr größter Vertrauter war ich so etwas gewohnt. Sie wählte mich aus, das Kind so schnell wie möglich wegzubringen, bevor es auf ungewollte Gefahren stieß. Ich gab mich als Vater aus und brachte das Kind nach London in ein abgelegenes Waisenhaus. Dich!" Romulus wurde blass, er hatte gewusst, dass es einer von Thorids Männern gewesen war, der Charlie ‚weggebracht' hatte, aber dass es August war, schockierte ihn. „Ich verschwieg jedem, der mich fragte, meine wahre Identität. Nicht einmal Thorid gewährte ich Eintritt in meine Gedanken, obwohl sie mich von Tag für Tag mehr zerstörten. Ich wollte es nicht sein, der eines Tages über Recht und Unrecht entscheiden musste. Aber ich schien keine Wahl zu haben. Als ich erfuhr, dass Antek sich den Drachenhütern angeschlossen hatte und meine Mutter in ihrer Regierung beeinflusste, musste ich mich entscheiden, als Erstgeborener als ihre rechte Hand zu fungieren und Antek dadurch zu entmachten, oder mich zu verstecken und alles geschehen lassen." Charlie war immer noch interessiert und Romulus schien ein wenig angeschlagen über alles was sein Freund ihm bisher verheimlicht hatte, aber er schien es zu verstehen. „Ich war feige, ich versteckte mich, um mich mit Thorids Hilfe darauf vorzubereiten, was geschehen würde, sollte das Böse noch mehr Macht bekommen. Ich ließ das Böse wachsen, anstatt es im Voraus zu zerstören. Ich ließ das Böse wachsen, um es später als Held zu zerstören. Der Widerstand, den ich aus dem Dunkel heraus leisten konnte, war so gering, dass er wohl kaum etwas nützte. Ich hatte meine innere Stärke und meinen Mut verloren, aber das Schlimmste von allem, war der Bruder, den ich ebenfalls verlor und bis heute tagtäglich vermisse. Ich weiß, dass es ihm gleich geht. Ich war sein großer Bruder und ließ ihn in der Zeit, die ihn prägte, allein. Ich bereue, was ich getan habe, aber wie soll ich es ihm sagen? Ich tat in dieser Zeit alles, wozu ich selbst im Stande war, aber es schien nicht zu reichen. Ich hätte alles getan, hätte er es angenommen. Wir sind es beide zu feige es uns einzugestehen und vermutlich haben wir auch Angst davor, was wohl passieren würde, würden wir uns vertragen, aber ich liebe ihn wie am ersten Tag." Romulus und Charlie waren gerührt und August schien froh, seine seit Jahren angestauten Gedanken loszuwerden. „Ich kenne Antek und ich weiß, dass er immer an das Gute im Menschen glaubt. Ich weiß nicht, was ihn in seiner jetzigen Lage hält, doch vermutlich hat er keine Wahl. Entweder er bekämpft mich oder er ist seinem eigenen Untergang geweiht. Anfangs war es die gegenseitige Wut auf den Weg des anderen, die uns trennte. Jetzt scheint es nur noch die Angst zu sein. Die Angst vor dem Ungewissen!" Seine Augen waren feucht, doch er wollte es sich nicht anmerken lassen. Ein paar Minuten lang herrschte ein emotionales Schweigen. Charlie beschloss es zu brechen. „Das bedeutet, du bist ein Prinz!" „Charlie, ich bin schon lange nicht mehr der, der ich einmal war. Die Flut der Zeit hat mich fortgerissen." Es war spät geworden und die drei bauten sich ein Bett aus Laub, dass sie mit jeweils einer Decke überspannten. Sie waren schon lange unterwegs, die Nahrung wurde knapp und so aßen sie nichts, außer einer trockenen Scheibe Brot und ein paar Stachelbeeren, die sie am Rand ihres Lagers fanden. Dann schliefen sie langsam ein.

Kapitel 7

Der nächste Morgen war nebelig und versperrte ihnen den Weggefährten den Blick in die Ferne. August schien ausgesprochen glücklich, sein Anliegen geteilt zu haben und pfiff ein Lied, das Romulus mit dem passenden Text vervollständigte. Voller Tatendrang setzten die drei ihre Reise fort. Tage und Nächte vergingen, die Zeiger tickten, selbst August, der bis auf wenige Ausnahmen durch und durch Optimist gewesen war, hatte seine Lebensfreude verloren. Sie waren drei ‚normale' Wanderer, die auch nach Wochen keinen Ansatz hatten. Mit der Zeit wurde der Weg immer anstrengender, jenes Glück, was sie einmal hatten, verschwand und die Drachenhüter eroberten sich Tag für Tag mehr Land, das sie mit ihrem tristen Dunkel füllten. Der vergangene Tag war fast genauso unspektakulär verlaufen wie die meiste Zeit ihrer Reise, doch die heutigen Abendstunden hielten eine furchtbare Überraschung bereit, die alles schlagartig veränderte. Charlie stand an einem der reißenden Flüsse, die sich quer durch das Land wanden und angelte vergeblich, als ihm plötzlich schummrig vor Augen wurde. Er sah erneut einen ihm bisher unbekannten Ort. Als er seine Augen wieder aufschlug, schmerzte sein Kopf heftig von dem Aufprall, den er gerade durchlebt hatte und sein Herz raste schneller denn je. Er sah sich benebelt um, sein Blick war entgeistert. Was er gesehen hatte, war ein Schock für ihn gewesen. In seinem ungewöhnlichen Tagtraum hatte er vor einer großen Burg gestanden. Dumpfer Nebel hatte seinen Blick verschleiert, in seine Ohren war ein markerschütternder Schrei gedrungen. Es war kein Schrei der Angst, eher der Freude und im Anschluss war ein böses, hinterhältig nachhallendes Lachen zu hören. Charlie musste seinem Vater und August von seiner Vision erzählen! Er rannte über Stock und Stein, bis an den Ort, an dem sie ihr Nachtlager aufgeschlagen hatten. „Vater", rief er „August!" Romulus kam hinter einem hochgewachsenen Baum hervor, hinter dem er zuvor mit August gesessen und an einem neuen Plan gefeilt hatte. Er erzählte seinem Vater abgehackt in knappen Sätzen, was er gehört und gesehen hatte. Seine Schläfen pulsierten vor Aufregung. „Es war eine Frau, ich konnte es deutlich hören, sie war in einem Schloss. Ich war vor dem Gebäude...", zu verwirrt, um weiter zu sprechen, versuchte er einen klaren Gedanken zufassen „Wie sah sie aus, Charlie?" fragte Romulus angespannt, der eine Vorahnung zu haben schien. „Ich konnte sie nicht erkennen, sie stand an einem Fenster und von ihren hohen Schultern hing ein dunkelgrünes Gewand herab. Ihr Gesicht habe ich nur einen kurzen Augenblick gesehen, sonst habe ich nur ihre langen, schwarzen Haare erkannt." Die Beschreibung war nennenswerter, als Romulus gedacht hatte. Charlie beobachtete seinen Vater aufmerksam, gespannt, was als Nächstes passieren würde. Angestrengt starrte Romulus in den blauen Himmel, der sich über ihnen wölbte. Er beobachtete etwas, was nur er sehen konnte. Leise, aber doch so, dass Charlie trotz des relativ großen Abstandes verstand, murmelte er: „Adventum!" Langsam, aber sicher bildete sich vor ihren Augen eine kleine, aber blickdichte Nebelfront, auf der ein verschwommenes Bild, Romulus Vorstellungen entsprechend, erschien. Charlie erkannte die Frau aus seiner Vision „Felipa", flüsterte sein Vater. „Was ist mit ihr?" fragte Charlie vorsichtig nach, wobei er leise und wispernd sprach, ohne es selbst richtig wahrzunehmen. Er hatte Angst vor der Wahrheit, die er gleich erfahren würde und die Macht des Zaubers, den sein gerade Vater gewirkt hatte, schüchterte ihn ein. „Sie ist Felipes

Mutter, boshaft und ungerecht. Wer nicht gehorcht, wird den Drachen zum Fraß vorgeworfen." Sein Blick verkrampfte sich bis Charlie fragte: „Seine Mutter?" „Du hast richtig gehört, Charlie. Es handelt sich tatsächlich um seine Mutter." Charlie wurde es zu viel und er erinnerte sich an die ganzen Intrigen, die er gelesen hatte, als er noch im Waisenhaus gelebt hatte. Sein Gedanke ließ ihn schmunzeln. Die Hände vor den Mund, um die Reichweite seines Rufes zu erhöhen, rief Romulus August zu sich, der ein Stück entfernt von Charlie ebenfalls geangelt hatte. Dieser kam sofort, ein kesses Lächeln umspielte seine Lippen „Was ist los?" fragte er, doch Romulus Blick haftete auf dem großen, zappelnden Fisch in Augusts Hand. Charlie freute sich, seinen leeren Magen wieder richtig füllen zu können und die Nacht über zu schlafen und nicht von einem knurrenden Magen geweckt zu werden. Den anderen Beiden ging es offensichtlich genau so, aber Romulus lenkte auf das eigentliche Thema zurück. „Felipa!" sagte er streng. Das Wort ließ August so stark zusammenzucken, dass er in einen niedrigen Busch hinter sich fiel und die vielen spitzen Äste in seinen Rücken stachen. „Niemand erwähnt ihren Namen in meiner Gegenwart! Ich stand ihr schon einmal gegenüber und ich weiß, dass es ein zweites Mal dazu kommen wird, aber fürs Erste möchte ich nicht daran erinnert werden", sprach August nun wütend und ein wenig verängstigt, wobei er sich die feinen, aber blutigen Schrammen an seinem Rücken rieb. „August, wir sind Amatopier. Wir sind dazu gemacht, dem Bösen ein für alle Male die Stirn zu bieten!" wurde Romulus laut. „Romulus, du bist noch so jung und naiv!" wehrte sich August. Diese Aussage verblüffte Charlie, denn er konnte sich nicht vorstellen, wie alt August war. Nach den Maßstäben, die er aus London kannte, hätte er seinen Vater auf Anfang vierzig geschätzt, aber wenn er so recht darüber nachdachte, wirkte August älter, als er je einen Menschen gesehen hatte. Aus Höflichkeit ließ Charlie die Frage nach dem Alter sein, jedoch schien sein Blick verraten zu haben, was er dachte. August antwortete: „Nun Charlie, du magst dich wundern, da du zwischen normal Sterblichen aufgewachsen bist, aber hier in Amatopien ist es ein Leichtes alt zu werden. Wir sind sozusagen unsterblich. Wir können sterben durch einen Kampf oder einen Unfall, aber vermeidet man all diese Risiken, so überdauert man die Zeit!" Charlie freute sich über diese neue Erkenntnis, obwohl sie ihm gleichzeitig Angst einjagte. Ihm war klar, dass der Grund, weshalb man ihn nach Amatopien geholt hatte, ihm keine andere Wahl ließ und er nicht nur einen Kampf vor sich hatte, was seine Chance zur Unsterblichkeit um Einiges minderte. Die wilde Entschlossenheit, die in ihm tobte, ließ jedoch Mut in ihm wachsen. „August, wir haben einen Hinweis. Felipa!" August fuhr zusammen, als Romulus ihn erneut an seinen erbitterten Kampf erinnerte, obwohl ihm klar war, dass er keine andere Wahl hatte, außer sich dem zu stellen. Alles war durcheinander, keiner wagte es in den Mund zu nehmen, aber tief im Herzen wussten sie es doch alle. Sie mussten sich ihr stellen. Vielleicht war Iris in ihrem Schloss gefangen, schutzlos und verängstigt! Charlie fühlte sich zu ihr hingezogen. Er verspürte den Drang zu helfen nun stärker als noch eine Minute zuvor. Romulus ergriff erneut das Wort und mit einer sehr ernsten Stimmlage fing er an, seine Gedankengänge laut preiszugeben: „Wir müssen uns auf den Weg machen! Packt eure Sachen. Felipa, wir kommen! Und wenn es mein Ende bedeutet. Ich nehme dich mit, zum Wohl aller anderen." Ein drittes Mal schreckte August hoch, diesmal jedoch nicht halb so sehr, wie die beiden vorherigen Male.

Charlies Gedanken kreisten wild, in ihnen stand er Felipa schon kampfbereit gegenüber. Alle waren bereit zum Start, auch wenn niemand sich traute das trübe Schweigen zu brechen. Keiner der drei hatte eine Ahnung, was es ihnen bringen würde, das von Dunkelheit erfüllte Reich der Drachenhüter und schlimmer noch, ihrer Anführerin, zu betreten. Doch alle hatten insgeheim die Hoffnung dort etwas zu entdecken, was ihnen schlussendlich zum Sieg verhalf. Charlie konnte die gedrückte Stimmung, die sie umgab, nicht mehr aushalten und seine schmerzenden Füße ließen ihm keine andere Wahl, als diese Frage zu stellen „Ähm, Vater warum benutzen wir nicht einfach ähm..Bye..Bye." „Byeko", ergänzte sein Vater, wobei er lächelte. „Es ist ein zu hohes Risiko, wir haben keine Ahnung welche Sicherheitsvorkehrungen Felipa getroffen hat, um sich und ihre fanatischen Anhänger zu schützen. Außerdem wissen wir nicht, ob wir in dieser Entfernung einen Teleportationszauber verwenden können." „Was geschieht, wenn man es doch tut?" fragte Charlie voller Interesse. „Oh, man kann die schlimmsten Mutationen durchleben. Der Onkel meines Freundes Paulus soll sich vorgeblich in eine Katze mit Flossen verwandelt haben, als er es wagte sich von den Albertklippen nahe Amatopiens in ein kleines Dorf nahe Arkstadt zu teleportieren. Aber ich habe keine Ahnung, ob es wirklich passiert ist. Paulus erzählt viel, wenn der Tag lang ist." Er konnte sich kein Grinsen verkneifen und so lachten Vater und Sohn gemeinsam herzlich. Beide froh, die pressende Stille überwunden zu haben. „Wie sollen wir den Weg finden, Romulus?" fragte August ein wenig zögernd. „Immer der Nase nach", antwortete dieser mit einem ernsten Lächeln. Tatsächlich, nach einigen ereignislosen Tagen Wanderung, konnten sie die hohen Zinnen des Schlosses sehen. Das ganze Schloss war in ein gespenstisches Grün getauft, obwohl die uneben aufeinander gestapelten Steine grau waren. Eine große Zugbrücke lag über einem dreckigen Fluss und führte direkt in den ungemütlichen Innenhof. „Wenn wir dort rein wollen, müssen wir uns tarnen", flüsterte Charlie. Sein Vater nickte anerkennend und es war offensichtlich, dass er gerade dasselbe gedacht hatte. „Mich bekommen da keine hundert Erddrachen rein!" entgegnete August mit einer schuldbewussten Mimik. Romulus warf ihm einen vielsagenden Blick zu und kurz darauf hatten sie sich schon kostümiert. Alle Drei hatten sie sich mit einem Stück Kohle das Zeichen der Drachenhüter auf den Oberarm gezeichnet und hofften, dass es der Tätowierung ähnlich genug war, um nicht aufzufallen. Der knochige August hatte sich mit einem Haarwachstumszauber aus mehreren langen Beschwörungen beglückt und sah seinem Bruder Antek nun unvergleichlich ähnlich. Der angespannt wirkende Romulus trug einen abgewrackten Anzug, in der Hoffnung damit nicht aufzufallen. Charlie blieb in seiner Kleidung, jedoch hatte er seine Ärmel soweit hoch gestrichen, dass das Zeichen deutlich zu erkennen war. Es zeigte einen kleinen Kreis, in dessen Mitte ein schwarzes Auge prangte. Der Rand war mit spitzen Dreiecken geschmückt, jedes von ihnen zeigte in eine andere Himmelsrichtung. Eingeschüchtert schlichen sie auf die wankende Zugbrücke zu. Sie versuchten, so unbeeindruckt wie möglich zu wirken. Charlie erkannte von dem lieblosen Innenhof aus jenes Fenster, das er zuvor schon in seiner geheimnisvollen Vision gesehen hatte. „Da ist es", wisperte er seinem Vater ängstlich ins Ohr. Romulus verstand, was er August versuchte mit einem Blick zu übermitteln. August, der den kleinen Trupp anführte, da er am wenigsten auffallen würde, wenn sie gesehen werden sollten, fand eine kleine Tür an einem der vielen Türme, auf die er zielstrebig Kurs aufnahm. Hinter ihr verbarg sich eine lange Wendeltreppe, die sie begannen, empor zu steigen. Es roch feucht, die Wände wurden von großen Spinnenweben geziert und das Mauerwerk triefte vor Nässe. Der Jüngste lief nun voran und die anderen hinter ihm her, als Charlie plötzlich ruckartig stehen blieb. Er hatte keine andere Wahl gehabt. „Was siehst du?" fragte sein Vater, aber es hatte ihm die Sprache verschlagen. Vor ihm lag ein langer Saal, herzlos eingerichtet, in dessen Mitte jemand stand und ohne weiteres Denken wusste Charlie, wer es war. Felipa! Er machte einen Schritt zurück und hörte, wie sie mit einer zweiten vertrauten Stimme sprach, die er jedoch nicht zuordnen konnte. Sie war rau, kratzte heftig und war trotzdem laut. Antek stand dicht vor ihr und lief im Raum auf und ab, die Hände hinter dem Rücken verschränkt. „Er ist da", flüsterte Antek nachdenklich und mystisch zugleich. „Wer ist da? Sag es mir Antek." Es schien, als könne sie ihren Zorn nicht mehr lange zügeln. „Der Junge aus der Prophezeiung." Seine Stimme war selbstbewusst, doch wenn man genau hinhörte, konnte man seine überspielte Angst heraushören „Ist er allein?" schrie sie und wirkte dabei einen Zauber, der mit einem blitzartigen Lichtstrahl ein kleines grünes Wesen leblos auf den Boden fallen ließ. „Nein, er ist in Begleitung meines Bruders und seines Vaters." Antek kannte so gut wie jeden aus Amatopien, er war dort groß geworden und es tat ihm weh darüber nachzudenken. „Töte ihn!" befahl Felipa dem schutzlosen Antek. Sein Blick war nun erschrocken und ängstlich, er wartete einen Moment und erst als er seine Stimme wiedergefunden hatte, antwortete er und fragte erschüttert: „Wen, eure Majestät?" „Wen wohl?" ihr Augen blitzten einmal freudig und dann sprach sie weiter. „August." Ein breites Lächeln bildete sich auf ihrem boshaften, hässlichen Gesicht. August, der immer noch auf der Treppe stand, fiel nach hinten runter. Antek wirkte nun gar nicht mehr glücklich oder belustigt, wie Charlie ihn in Erinnerung hatte. Antek war sich vor dieser Antwort ziemlich sicher gewesen, dass es sich um Charlie handelte und das hätte er schon nicht mit seinem Gewissen vereinbaren können. Aber dass sie seinen Bruder tot sehen wollte, erschütterte ihn noch mehr. „Was soll ich mit dem Jungen tun?" „Bring ihn mir! Aber lass ihn am Leben, ich brauche ihn noch. Dein Bruder, August, dagegen bringt uns mit seiner überaus großen Macht, die ich ihm einst lehrte, als er noch auf der einzig richtigen Seite stand, in Gefahr." Anteks Augen wirkten feucht und sein Gesicht war mit einem Mal blass geworden und alles, was er herausbrachte, war ein „Ja, Königin." In der Zwischenzeit waren Charlie, Romulus und August geflohen. Sie liefen über den Innenhof, als vor ihnen die Zugbrücke hochschwang. „Byeko!" rief August und hinterließ einen bunten Pfeil. „Charlie, nimm meine Hand!" rief Romulus, dessen Gesicht von einem heftigen Aufprall blutete. Er ergriff die Hand seines Vaters. „Byeko." Ein Drachenhüter hatte sie gesehen, aber sie waren schneller. Als Charlie wieder freie Sicht hatte, sah er August und Romulus neben sich stehen. Die Wunde seines Vaters war getrocknet, doch änderte das nichts an dem furchterregenden Anblick, den sie bot. August schaute verängstigt drein. „Ihr denkt doch nicht, dass mein eigener Bruder mich umbringen wird, oder?" „Nein", sagten Vater und Sohn unbeholfen im Chor. Sie wirkten beide nicht sonderlich überzeugt. „Alles umsonst", ergriff Charlie verzweifelt das Wort. „Nein Junge, wir wissen etwas, das vorher noch nicht einmal Thorid wusste." „Und was?" belustigte sich August. „Habt ihr nicht zugehört? Es gibt eine Prophezeiung!" Niemand redete mehr und alle hatten dieselben Gedanken. Was sagte diese Prophezeiung?

„Wir müssen zu Evita, Hüterin der Erzählungen und Prophezeiungen der Zukunft." „Na dann los." Romulus schien erfreut, nun
etwas Neues scheinbar Ungefährliches vor sich zu haben. „Was
denkst du August, können wir einen Teleportationszauber verwenden?" „Ich denke nicht, sobald wir ein paar Meilen hinter uns
haben, wird es jedoch kein Problem mehr sein."

Kapitel 8

Nach diesem Dialog schwiegen sie, alle in ihre eigene Gefühlswelt versunken, bis Romulus die Stille beendete: „Weißt du, August, hätte man mich vor ein paar Wochen gefragt, was ich von dir halte, hätte ich gesagt, was uns für eine starke Freundschaft bindet. Hätte von unseren unzähligen Abenteuern erzählt. Doch langsam fange ich an, mich immer fremder in deiner Gegenwart zu fühlen. Erst das mit Antek und jetzt erfahre ich auch noch, dass du von Felipa höchstselbst gelehrt wurdest! Hast du dazu was zu sagen?" August blieb still, doch Charlie war sich sicher, dass er nicht sinnlos in die Luft starrte, sondern über eine plausible Antwort grübelte. „Romulus du verstehst nicht, auch wenn es so scheint und die derzeitige Situation es so darlegt, trennt sich die Welt nicht in Gut und Böse. Stell dir vor, du stiehlst einem Erddrachenweibchen seine Eier, um deine Familie zu ernähren. Der Drache verletzt dich, um seine Eier wieder zu bekommen. Wen würdest du als Gut und wen als Böse einschätzen?" Romulus wollte antworten, aber August sprach weiter, auch wenn er sah, dass Romulus etwas einzuwenden hatte. „Beide haben getan was sie konnten, du würdest dich als Held verstehen, denn du warst es, der seine Familie vor dem Verhungern rettete. Der Erddrache war es, der dich dafür bestrafte. Der Drache hatte nichts anderes gemacht, als das Leben seiner Kinder zu beschützen, als du, der Böse, aus dem Wald aufgetaucht warst und ihn, wehrlos wie er war, angegriffen hattest. Ihr hattet genau dieselben Hintergründe im Kopf. Es liegt in unserer Natur, die Welt in Gut und Böse zu unterteilen, aber bitte Romulus, steck mich nicht in die falsche Schublade. Beurteile den, der ich bin und nicht den, der ich zu sein scheine." Aus Romulus auffordenndem Blick vernahm August, dass er weitersprechen sollte und auch Charlies Aufmerksamkeit hatte er gewonnen. „Ihr versteht nicht, was ich meine. Auch wenn ihr es zu wissen glaubt, eure Lebenserfahrung ist so jung, wie euer Körper es der Welt wiederspiegelt. Ich mag alt aussehen und meine Glieder gebrechlich wirken, aber mein Kopf ist klar, wie am ersten Tag und wenn ich es richtig mache, wächst meine Macht von Tag zu Tag." Augusts Erklärung schien einleuchtend, doch er hatte immer noch nicht das erwähnt, worauf Charlie und Romulus warteten. Aber seine Ansprache war noch nicht zu Ende, was ihre Hoffnung schürte. „Ich weiß, dass ihr wissen wollt, was es mit meiner Lehre auf sich hat, aber ich kann es euch erst sagen, wenn ich den Zeitpunkt für richtig erachte. Alles, was ich euch sagen kann, ist, ich vertraue euch und ich hoffe, ihr könnt mir weiterhin vertrauen. Romulus, ich bezeichne dich als einen alten Freund und das wird so bleiben, egal was du für Zweifel an mir hegst. Und du Charlie, bist auch eine neugewonnene Freundschaft. Duldet euch und ich werde sprechen. Das war alles. Ich gehe näher darauf ein, wenn die Zeit reif ist!" Charlie hallten die geheimnisvollen Worte im Kopf wider. Romulus lächelte verständnisvoll und alles fühlte sich an, wie ein paar Stunden zuvor. In weiter Ferne erkannte Charlie einen golden leuchtenden Baum, dessen Blätter schimmernd im Wind tanzten, wie Schneeflocken in einem Schneesturm. Sie schritten immer näher darauf zu, bis sie durch eine kleine Tür hindurch in dessen Inneres gerieten. Eine Frau, die kurzes helles Haar trug, stand in der Mitte des seltsamen Raumes, in dem sie sich befanden. Um ihren Hals trug sie ein golden glänzendes Liesoskop, was wie bei Charlie einen Edelstein, jedoch in blauer Farbe, besaß. August und Romulus erzählten abwechselnd, was Sache war, aber Charlie hörte nicht hin. Er hatte die Augen der Frau fixiert, die spitz zu der feinen Stupsnase zuliefen. Hätte Charlie jemand gefragt, was sie für eine Augenfarbe hatte, hätten sich seine Gedanken selbst widersprochen. Als seine beiden Wegbegleiter das Gespräch beendet hatten, kam sie mit offenen Armen auf ihn zu stolziert. „Ah, und du musst Charlie sein. Ich bin Evita." Mit einem übertriebenen Lächeln trat sie vor ihn. „Kommt mit, ich muss sehen, was ich finden kann", sprach sie nun zu den anderen beiden und führte sie durch das Bauminnere. An sich war der Raum in Dunkelheit gehüllt, Licht drang nur von den beleuchteten Wänden zu ihnen, an denen Schriftrollen magisch in der Luft flogen. Manche wirkten neu, andere schienen, als wären sie älter, als die Zeit. Mit einem Kopfnicken forderte Evita sie auf stehenzubleiben, sie taten wie geheißen. Sie trat ein Stück vor, wobei sie ihre Hand offen emporstreckte. Ihr angestrengter Blick verriet Charlie, dass sie gerade einen Zauber wirkte. Eine der vielen Schriftrollen kam auf sie zugeflogen. Sie wollte danach greifen, aber sie flog direkt auf Charlie zu, der sie zitternd an sich nahm. Alle Augen waren auf ihn gerichtet. Er hatte keinen blassen Schimmer, was er nun tun sollte. „Es ist geschehen!" flüsterte Evita. Ihr Gesicht hatte an Farbe verloren, auch August wirkte erschrocken. „Was?" war alles, was Romulus zu Stande brachte. Er wusste nicht, was an so einem Ereignis das Schlimme sein sollte. „Seit mehreren Jahrhunderten ist es nicht mehr vorgekommen. Der Letzte, dem dieses Schicksal widerfahren ist, war Quintus der Weise! Es bedeutet, dass jenes Schicksal dieser Welt auf deinen Schultern lastet und in deinen Händen liegt! Diese Prophezeiungen sind nur für die betroffenen Helden bestimmt und die, denen sie sich freiwillig preisgeben. Also, wenn du uns vertraust, fang an zu lesen, auch wenn dies kaum nötig sein wird, um den Inhalt zu ahnen." Auf diese schaurige Erklärung hin, begann er das alte, poröse Pergament vorsichtig aufzurollen und es laut vorzulesen:

Ein Mann traurig verstoßen,

ein Kind einsam und allein gelassen!

Beide haben sie sich dem Schicksal gewidmet.

Einer jung und einer alt,

Parallelen und Unterschiede im Gleichstand.

Sie stehen sich gegenüber und sind doch

auf der gleichen Seite.

Sie kennen sich, ohne es zu wissen.

Sie werden die Schicksalsträger sein.

Charlie war erschrocken über diese Worte. Er erkannte sich darin wieder, aber er konnte nicht sagen, von wem noch die Rede war. Zuerst hatte er an seine Mutter gedacht, doch sie war ganz offensichtlich eine Frau, was Charlie trotz seiner ernsten Lage zum Schmunzeln brachte. Alle anderen Amatopier, die er bis jetzt kennengelernt hatte, standen auf seiner Seite oder er hatte denjenigen, der gemeint war, nicht bedacht. Aber seine Gedanken schwirrten durcheinander, wie eine Gruppe Mücken in der Abenddämmerung und er konnte keinen klaren Gedanken fassen. Auch alle anderen schienen keine Parallelen zu entdecken. „Egal, was geschieht, ich werde an deiner Seite stehen und wenn es sein muss, werde ich kämpfen!" verkündete Romulus, an seinen Sohn gewandt. August lächelte gutmütig. Eine Weile standen sie einfach nur da, bis sie sich schließlich verabschiedeten. „Bis bald", sagte Evita. Sie liefen ein Stück, um noch bei Tageslicht ein Lager zu entdecken, was sie vor ungewollten Blicken verbergen würde. Die drei unfreiwilligen Landstreicher erschraken, als neben ihnen eine weitere Person erschien. An einem Baum lehnte Felipe. Seine rot-blonden Haare, die im Licht der untergehenden Sonne eher rostrot wirkten, fielen verwegen über seine Stirn. Er bemerkte, wie verwundert die anderen schienen und reagierte gelassen. „Oh, Evita hat mir eine Nachricht gesendet, dass ihr bei ihr seid, ich habe mich schnellstmöglich auf den Weg gemacht." „Wir mussen ein Lager fur die Nacht suchen, es wäre zu gefährlich nach Hause zurückzukehren. Wenn Felipa bemerkt hat, dass wir in ihr Schloss eingedrungen sind, wird sie auf der Suche nach uns sein", mahnte Romulus zur Eile. Nachdenklich starrte er zum Himmel empor. Er beachtete Felipe nicht besonders und warf ihm nur einen begrüßenden Blick zu. „Ihr wart was?" platzte es aus Felipe heraus. Wut und Angst spiegelte sich in seinen Augen wider, er wurde leise als würde er sich verantwortlich fühlen, für irgendetwas, dass nur er zu wissen glaubte. Lange sagte niemand was, bis August das Wort in die Hand nahm und Felipe über den derzeitigen Stand berichtete: „Nun Felipe, ich nehme an, du bist nicht nur auf Evitas, sondern ebenso auf Thorids Befehl hin hier, weshalb wir dir wohl nichts vorenthalten können. Wenn Thorid fragt, erzähle ihr von einer Prophezeiung, die von Zwei der Unseren spricht, einer von ihnen ist ohne Zweifel Charlie der andere kann jeder sein. Wir haben lange darüber nachgedacht, ohne Erfolg! Erzähle ihr auch, wie wir das Ganze erfahren haben, durch den Einbruch in die Drachenhüterfestung, Tenebris, wie die Gelehrten sie nennen. Ich fürchte, wir können so bald nicht nach Hause zurückkommen. Die Drachenhüter werden schon lange wissen, wovon wir Kenntnis haben und wovon nicht, sie sind gerissen!" Sie hätten gerne mehr Zeit mit Felipe verbracht, einfach um zu erfahren, was es Neues gab, aber die Sonne war schon hinter dem Horizont verschwunden. Sie verließen Felipe, der sich bei ihnen verabschiedete. August, Romulus und Charlie begannen, eine Stelle für ein Feuer und die Nacht zu suchen, während Charlie auf dem Weg jeden noch so kleinen Ast mit sich trug, damit das Feuer die ganze Nacht brennen würde. Bald darauf fanden sie eine abgelegene Stelle unter einem Felsvorsprung. Es war nicht bequem, aber es schützte sie vor ungewolltem Besuch. Charlie hielt eine Hand über das trockene Geäst, das er und die anderen Beiden gesammelt hatten und flüsterte, so wie er es inzwischen gelernt hatte: „Igni!" Seine Hand wurde von einer angenehmen Wärme durchflutet. Schnell knisterte darunter ein kleines Feuer, das mit der Zeit immer höher wurde. Als es die Höhe eines kleinen Busches vor ihnen angenommen hatte, musste Romulus es mit einem Zauber dämmen, um keine ungewollte Aufmerksamkeit auf sie zu ziehen. Charlie faszinierte es jeden Tag aufs Neue, was ihm sein neues Leben alles geschenkt hatte. Mit seiner bloßen Willensstärke konnte er ein Feuer entfachen und wenn er wollte, und das erschreckte den Jungen fast mehr als es ihn begeisterte, konnte er andere so in ihrem Geisteszustand verändern, dass sie verrückt wurden und, wenn er es wollte, sogar starben. Es machte ihm Angst zu wissen, dass er solch mächtige Kräfte hatte und noch mehr, dass seine Feinde womöglich dieselben Eigenschaften prägten. „Wir müssen an einen anderen Ort", dachte August laut. „Amatopien mag viele Geheimnisse für uns bereithalten, doch sind wir nicht die Einzigen, die von Felipas Stärke bedroht sind. Stell dir vor, was es für die bedeuten würde, die nicht in der Lage sind, Magie an den Tag zu legen!" „Du hast Recht, ich verstehe deine Absicht. Was schwebt dir vor?" fragte Romulus bedächtig in die kleine Runde, während er die Gräten aus seinem Fisch puhlte und nacheinander in das große wärmende Feuer warf, wo sie augenblicklich verbrannten. „Charlie sag uns, was würdest du tun? Wäre deine Magie quasi unendlich, wo würdest du deiner Macht freien Lauf lassen, ohne dass jemand ungewollt sieht, was du tust?" „Vermutlich würde ich mich weit abgelegen von sämtlicher Zivilisation versteckt halten. Wäre ich Felipa, ich denke du willst darauf hinaus, würde ich vermutlich an einen Ort gehen, der nicht viel mit Magie zu tun hat." August antwortete ihm, als hätte er gerade etwas Seltsames erkannt, was er bis jetzt einfach hingenommen hatte, in der Hoffnung es nicht weiter zu brauchen. „Charlie, wir müssen nach London!" Seine Stimme war von Grauen erfüllt, sein Gesicht fahl, doch seine Augen schimmerten hoffnungsvoll. Das Wort ‚London' hatte etwas in Charlies Kopf bewegt. Seine Erinnerungen an die graue Zeit, die er dort verbracht hatte, erschienen ungewollt vor seinem inneren Auge. Die Tatsache, dass er erneut an den Ort seiner Kindheit zurückmusste, traf ihn, auch wenn ihm klar war, dass er das Waisenhaus wahrscheinlich gar nicht zu Gesicht bekommen würde. Romulus und Charlie wussten nicht, was August zu dieser seltsamen Theorie angetrieben hatte. Selbst wenn er meistens Recht behielt, fanden sie, dass er ihnen eine Erklärung schuldig war. „Ich hatte letzte Nacht eine Vision, sie ging um dich. Ich sah dich, den einsamen Charlie Jones, ohne jenes Wissen, dass er einmal hier sein würde. Du warst nicht der Einzige, der darin vorkam, doch warst du der

Einzige, den ich offen wahrnahm. Ich spürte etwas von unglaublicher Stärke, etwas das mich anzog, ohne dass ich wusste, was es damit auf sich hatte. Es war nicht das erste Mal, dass ich diesen Traum hatte, aber es war das erste Mal, dass ich ihn deuten konnte. Mir war klar, dass die Macht, die ich spürte, nicht von dir ausgehen konnte. Sie war zu stark für ein Kind in deinem Alter. Als Nächstes verdächtigte ich Felipa, doch die Macht, die sich in dieser Nacht in meinen Gliedern widerspiegelte, war nicht von ungemeiner Bosheit. Sie hatte das Verlangen nach Freiheit, wie du es verspürtest, Angst vor dem Ungewissen übertrumpfte die eigentliche Macht, die in ihr schlummerte!" Charlie bewunderte August für die Weisheit und Entschlossenheit, die er an den Tag legte. Romulus war sprachlos, obwohl es ihn reizte, ein neues Abenteuer zu bezwingen. „Ich weiß, ihr versteht das nicht, aber wir müssen nach London!" Sie diskutierten lange, bis die Sterne am Himmel langsam verblassten und die Sonne allmählich den Mond ablöste, aber am Ende waren sie sich einig, dass sie nach London gehen mussten. Koste es, was es wolle. Der Schlafsack, den Charlie sonst immer als warm und kuschelig empfunden hatte, war nun kalt und klamm. Die Nacht war scheinbar endlos. Charlie fand nie ganz in den Schlaf. Ab und zu fing er an zu dösen, doch selbst das leiseste Geräusch zog ihn aus diesem Fortschritt heraus. Die restliche Nacht lag er wach da, manche Male durchforsteten seine Gedanken seine Vergangenheit. Er sah sich ab vom Rest der Welt in seinem dunklen Zimmer in London. Er dachte an Mr. und Mrs. Clark. Wie sie ihn getriezt hatten, um sich an seinem Leid zu ergötzen und an Jene, die er für seine Freunde hielt, ohne sie richtig zu kennen.

Kapitel 9

Erst als die Sonne die Welt in warmes, rotes Licht tauchte, fand Charlie Ruhe und konnte für einige Stunden einigermaßen, wenn auch nicht ohne Albträume, schlafen. Charlie wurde von einem lauten Donnergrollen geweckt. Graue Wolken hingen tief am Himmel und die Sonne war nicht mehr zu sehen. Sein Vater und August standen bereits fertig da und es schien, als hätten sie nur auf sein Erwachen gewartet. Es war ein unangenehmes Gefühl, wie sie dasaßen und ihn ununterbrochen anstarrten. Unbeholfen stieg er aus seinem Schlafsack und warf sich seinen dunkelblau schimmernden Umhang über, den er vor einiger Zeit geschenkt bekommen hatte. Er war auf seine Größe zurechtgeschnitten, sodass er knapp über dem Boden endete. Große Taschen zierten den dicken Stoff, groß genug, um sein Liesokop und eine prall gefüllte Feldflasche darin aufzubewahren. „Jetzt wird es ernst!" August war angespannt. „Okay legen wir los!" Romulus lächelte bei diesen Worten. Charlie hatte keinen blassen Schimmer, was die anderen taten. Er vertraute ihnen. Sie murmelten etwas in sich hinein, fixierten mit den Augen dieselbe kahle Stelle am Boden. Zwischen ihnen lag eine Lücke, aus der etwas emporwuchs, was Charlie als Holz erkannte. Er war sich sicher, dass es sich nicht um das Endergebnis handelte, jedoch war es alles, was er bis jetzt hineininterpretieren konnte. Immer höher baute sich das Holz gerade nach oben, bis es mit einem runden Abschluss endete. Vor ihnen stand eine Tür. Eine Tür, wie Charlie sie schon einmal durchquert hatte. Seine Gefühle waren gemischt. Zunächst dachte er an die Ängste, die er gehabt hatte als er eine solche Tür das erste Mal durchquert hatte, was ihn schmunzeln ließ. Doch dann durchbohrten die Gedanken auf die bevorstehende Reise seinen Kopf. Er wollte diesen Ort nicht wieder besuchen. Er hätte alles gegeben, um die ‚Mission' abzubrechen, doch wusste er, dass die Zukunft Amatopiens und aller magischen Orte, von dieser einen Entscheidung abhängig sein konnte. August schritt hocherhobenen Hauptes voran. Die anderen Beiden folgten ihm unaufgefordert. Es dauerte nicht lange. Schon bald war das passiert, was Charlie gehofft hatte unter allen Umständen zu vermeiden: Sie standen in der Kohlstraße. Charlie krümmte sich, ein stechender Schmerz durchfuhr seinen Körper und es dauerte einen Moment, bis er sich wieder erholt hatte. Auch wenn das Waisenhaus noch immer hinter einer verschlungenen Ecke im Verborgenem lag, fühlte er sich eingenommen von den Gefühlen, die er in Amatopien und in der Gegenwart seines Vaters das erste Mal richtig verdrängt hatte. Romulus nahm seine Hand und drückte sie. Er spürte die Anspannung seines Sohnes und wollte sie so gut es ging lindern, ohne ihn mit Worten in Aufruhr zu versetzen. Sie setzten ihren Weg fort. Mit jedem Meter spannten sich ihre Muskeln mehr an. Charlie fühlte sich, als hätte ihm jemand die Kehle zugeschnürt. In der Ferne sah man den alten Holzzaun, der das Gebäude vor Einbrechern und anderem schützen sollte, auch wenn Charlie sich sicher war, dass es nichts zu holen gab oder sich niemand freiwillig den Fesseln dieses Hauses hingeben wollte. Alles was jetzt passierte, kam ihm unglaublich unwirklich vor. Sie sahen die Stelle, wo einst das Haus gestanden hatte. Alles was übriggeblieben war, waren die Backsteine, die einst die Wände des Hauses dargestellt hatten und die verschiedenen Holzmöbel, die zersplittert über dem Boden verteilt lagen. Es gab keine Spur von den einstigen Bewohnern, aber es schien nicht so als, hätten sie rechtzeitig die Flucht ergriffen, denn sonst hätten

71

sie sicher Möbel und sämtliche Wertgegenstände, die sich noch in den Trümmern fanden, mitgenommen. Charlie wollte nicht darüber nachdenken, was mit ihnen passiert war, aber es tat ihm weh, was geschehen war. Er hasste Mr. und Mrs. Clark, er hasste diesen Ort und noch mehr hasste er die Tatsache wieder hier zu sein, jedoch war es ein Teil von ihm gewesen, was ihn geprägt hatte. Egal, wie sehr er es verabscheute. Er wollte sich umdrehen und gehen. Er hatte genug gesehen, doch er war sich nicht sicher, ob er ein wichtiges Detail übersehen hatte. Charlie war sich sicher, dass Felipa etwas mit diesem Maß an Zerstörung zu tun hatte, obwohl er nicht wusste, warum. Hätte er nicht gewusst, dass Antek sie von seinem Aufenthalt in Amatopien in Kenntnis gesetzt hatte, würde er womöglich glauben, sie hätte ihn gesucht. Natürlich hätte der Angriff vor dieser Erkenntnis stattgefunden haben können, aber er war sich sicher, dass es anders war. Er wusste nicht, warum er es dachte. Etwas in ihm sagte, dass es falsch war, etwas Anderes anzunehmen. Vor ihm lag ein Spiegel, der einst über einem der vielen Waschbecken gehangen hatte. Er begutachtete sich. Seit seiner Abwesenheit hatte er sich erheblich verändert. Seine Züge waren härter geworden, sein Blick war entschlossen. Aus seinem Kinn sprossen die ersten Bartstoppeln hervor. An einigen Stellen seines Körpers war er mit Dreckkrusten übersät. Seine Veränderung schüchterte ihn ein, er kam sich fremd vor in seinem eigenen Körper. Charlie nahm all seinen Mut zusammen und ging immer näher auf den Trümmerhaufen zu, bis er dessen Mitte erreicht hatte. Er hatte nicht so weit gehen wollen, aber seine wirren Gedanken hatten ihn von dem Eigentlichen abgelenkt. Er ließ seinen leeren Blick über die Zerstörung gleiten, aber sein Blick blieb auf einer goldenen Münze hängen. Sie war nicht größer als ein gewöhnlicher Euro, aber sie hatte ein anderes Muster und bestand aus purem Gold. Es war keine gewöhnliche Münze. Es war die Münze, die Charlie immer Glück gebracht hatte, wenn er es brauchte und die ihm immer geholfen hatte, sobald er in Schwierigkeiten geraten war. Jetzt dachte er jedoch zu wissen, dass es nur der Glaube daran war, der das Glück um ihn herum geschürt hatte. In seinem Bauch formte sich ein Gefühl von Angst und Schwäche. Er wusste nicht, wo es herkam, aber es war da und holte ihn jede Sekunde mehr. „Wa...Wa...Was ist hier passiert?" fragte Charlie. Es war das erste Mal, dass jemand nach ihrer Ankunft etwas sagte. Seine Stimme zitterte vor Angst und Trauer. Er war traurig, dass ein Stück seines Lebens weggebrochen war. „Hier, mein Sohn, war schwarze Magie am Werk", sprach Romulus nachdenklich. Seine Stimme war dünn und leise. August bückte sich und nahm die Münze an sich. Darauf abgebildet waren zwei Frauen und wenn Charlie sie betrachtete, erkannte er Thorid. Romulus musterte seinen Sohn sorgfältig, bevor er sich die Münze genauer ansah. Sie hatte eine Gravur, die mit großen Lettern das kleine Wort Amatopien bildeten. „Ich weiß es, August, wir müssen nach Arkstadt!" „Okay los", schrie August so freudig, dass die anderen Beiden vor Schreck zusammenzuckten. August übergab Romulus die Münze und schon war er verschwunden. Charlie nahm an, dass man aus jeder beliebigen Stadt zurück nach Amatopien einen Teleportationszauber nehmen konnte und nur um rauszukommen spezielle Magie benötigte. „Einen Moment noch, Vater!" Er nahm die Münze aus der Hand seines Vaters und warf sie in einem hohen Bogen zurück in die Trümmer, wo sie mit einem leisen ‚Kling' liegen blieb. „Ich halte es für besser, sie nicht mitzunehmen!" Romulus und Charlie nahmen sich in die Arme und umarmten sich fest. „Weißt du Charlie, was du für uns und ganz Amatopien tust, ist beeindruckend. Ich weiß, dass du versuchst jeden Gedanken an dein Schicksal oder deine Zukunft so gut wie möglich aus deinem Kopf zu verbannen. Ich wünsche dir Glück, auch in Momenten, in denen ich dir, aus welchen Gründen auch immer, nicht zur Seite stehen kann. Du bist mein einziger Sohn. Das Schicksal hat dich auserkoren und darauf kannst du stolz sein, so wie ich es auf dich bin. Ich habe dich lieb!" Das Gefühl von Leere, was gerade noch an Charlie genagt hatte, war nicht komplett verschwunden, aber es war so weit zurück gegangen, dass er es unterdrücken konnte. „Danke! Ich weiß zu schätzen, was du sagst! Vor ein paar Wochen hätte ich nie erahnt, wie sich die Sachen bis zum heutigen Tag entwickeln würden, aber ich bin glücklich! Ich versuche es zu nehmen, wie es kommt, denn ich kann es nicht ändern. Ich werde all meine Kraft aufwenden, um Amatopien von Felipas Fluch zu befreien!" Einen kurzen Moment herrschte eine angenehme Ruhe zwischen ihnen, bis Romulus auf das eigentliche Thema hinwies: „Wir verwenden einen Teleportationszauber, so kommen wir den Drachenhütern nicht in die Quere und können sicher sein, den richtigen Ort gefunden zu haben." Romulus lächelte, glücklich darüber, einen weiteren Anhaltspunkt entdeckt zu haben. „Byeko." Nun war auch er verschwunden. Charlie tat es den anderen Beiden gleich und fand sich auf einer großen Lichtung in der Nähe des ihm bisher unbekannten Landstriches Arkstadt wieder. Er landete umringt von hohen Bäumen, die den Bewohnern der Stadt Schutz vor Angreifern bieten sollten. Die Lichtung war so groß, dass über zwanzig Drachen hier hätten Behausung finden können. Charlie und seine Begleiter standen in einem unstrukturierten Durcheinander inmitten von vielen kleinen Holzhäusern. Hier und dort blitzte das lange Dach der ein oder anderen Finnhütte durch.

Überall sah man Menschen. Einer, der Charlie am nächsten saß, schnitzte an einer Flöte, der Nächste reparierte ein Dach, das aussah, als wäre es mutwillig zerstört worden, obwohl Charlie sich nicht vorstellen konnte, dass einer dieser friedlich wirkenden Menschen so etwas tun würde. Eine ältere Frau strickte einen seltsam bunten Schal und eine Amme stand am Rand einer kleinen Rasenfläche und beobachtete die Kinder, die sich gerade erst mit Magie vertraut machten. Charlie folgte seinem Vater und August, dessen Lippen von einem fröhlichen Lächeln umspielt wurden. Sie betraten eine wundervolle Festung, einige Schritte entfernt von dem bunten Treiben, und liefen in Richtung des Thronsaals, August hinterher, der sich offenbar besser auskannte, als es einer der anderen für möglich gehalten hatte. Sie hielten vor einer großen silbernen Tür, vor der zwei Wachen standen, die aufgeregt miteinander tuschelten. Als sie näherkamen, verstummten sie. Einer der Beiden sah August und stieß einen hohen, stumpfen Schrei aus, woraufhin er sich ruckartig den Mund zuhielt. Der andere öffnete respektvoll die Tür. Er versuchte es zu unterdrücken, aber Charlie sah, dass August zitterte. „Antek, zu ihren Diensten, was kann ich für sie tun?" fragte einer der Wachen, der seinen Mund wieder zeigte und seine Hand langsam nach unten gleiten ließ. August blieb stehen und schaute den kleinen, scheinbar etwas jüngeren Wachmann an. „Edward, bist du es wirklich?" Edward zögerte einen Moment, bis er verstand, was gerade vor sich ging. Er flüsterte als er antwortete: „August? Du lebst?" Er war so überrascht, dass er, als er einen Schritt von der Tür wegging um Platz für die drei zumachen, über seine eigenen Füße stolperte. Verlegen stellte er sich wieder auf seine Position, wo er seinen Helm zurechtrückte „Ja, schätze ich." Ein sanftes Lächeln formte sich in Augusts Gesicht. „Antek hat allen erzählt, du seist tot." August schien verwundert und gleichzeitig verängstigt, wobei sich seine Augen um einiges weiteten. „Lass mich die Königin sprechen." Einer der Männer setzte zum Sprechen an, doch August warf ihm einen so strengen Blick zu, dass er es nicht wagte einen Einwand zu bringen. „Bitte!" wisperte der andere, für August scheinbar Fremde, und gab den Weg in den Thronsaal frei. Die drei stiegen die vier Stufen in den tiefergelegten Raum hinab, der sich vor ihnen erstreckte. August war angespannt, man sah seine Brust pulsieren und er machte keinen Schritt mehr als nötig. Sein Blick spiegelte mehr wider, als nur die Verwunderung über Anteks Behauptung. Sein Blick war traurig, wütend, ängstlich, und bedrückt, ganz so als würde dieser Ort ihn an etwas erinnern. Es sah so aus, als hätte er an diesem Ort einen verbitterten Kampf geführt und anschließend trotz aller Bemühungen verloren. Charlie wandte seinen Blick von August ab, den er nicht verstand und den er bemitleidete, ohne zu wissen, was ihm auf der Seele lastete. Er ließ seinem Blick freien Lauf und begutachtete den Saal. Die Wände waren mit merkwürdigen, dennoch schönen Mustern besetzt, die sich verschlungen durch den ganzen Raum zogen. Die Wand, auf die man zusteuerte, wenn man geradewegs den Raum betrat, war von drei Stühlen geziert. Die Mauer dahinter war kahl bis auf kleine Zeichnungen. Hinter einem der kleineren Stühle, die rechts und links des eigentlichen Throns standen, war ein großer Drache gemalt. Rote Schuppen besetzten seinen ganzen Körper und graue Stacheln stachen aus seinem Rücken heraus. Der Stuhl auf der anderen Seite stand merkwürdig leer, er sah aus, als hätte seit Längerem keiner mehr darauf gesessen. Charlie schaute sich erneut um. Das Klima in diesem Raum faszinierte ihn ungemein. In den Ecken versteckten sich kleine Käfer, nicht größer als eine Fingerkuppe, doch schienen sie alle unterschiedlich zu sein.

Die Zeit, die Charlie hier verbrachte, kam ihm unendlich lang vor, obwohl es sich nur um ein paar Sekunden handelte. Die Königin saß auf ihrem Thron und wurde erst auf sie aufmerksam, als Romulus zu sprechen begann. „Sehr geehrte Königin", Romulus versuchte höflich zu sein, was ihm unschwer erkennbar nicht besonders leichtfiel. Seine Wangen waren rot angelaufen, sodass er sich peinlich berührt wegdrehen musste. „Eure Majestät, wir sind ihr auf der Suche nach jemandem, den sie, wie wir glauben, kennen. Sind sie bereit uns zu helfen? Wir haben einen Schicksalsträger unter uns. Es wäre uns eine Ehre!" nahm es nun August in die Hand. Sie beäugte August einen Moment misstrauisch, ihre Züge waren hart wie Stein. Eine ungewöhnliche Stille erfüllte den Raum. Sie brauchte ihre Zeit, bis sie anfing zu sprechen. „August?" fragte sie so verblüfft, dass ihr Gesichtsausdruck nicht zu deuten war. August räusperte sich einmal und antwortete dann, die Augen stets auf den Boden gerichtet: „Ja?" „Du bist am Leben, wie ist das nur möglich?" Ein gequältes Lächeln bildete sich auf ihren Lippen, als könne sie nicht glauben, was gerade vor sich ging. August blieb ernst. Er hatte etwas zu verbergen und er hatte Angst, dass Romulus und Charlie Parallelen zwischen den verschiedenen Bausteinen seines Lebens, die er ihnen preisgegeben hatte, fanden. Sie sah seine Anspannung und sprach so unbeeindruckt, wie irgendwie möglich weiter. „Wie kann ich euch helfen?" Entspannung legte sich auf Augusts zuvor angespannte Gesichtsmuskeln „Wir sind auf der Suche nach Iris Morel-Jones, Tochter des Kastor Morel." Die Königin hatte von Anfang an aufmerksam zugehört, doch wurde sie bei dem Namen Kastor Morel hellhörig. Sie legte sich die Hände in ihren Schoß, als sie ihnen angespannt antwortete: „Ich kann euch nicht mehr sagen, als ich weiß, jedoch weiß ich mehr, als ich eigentlich wissen sollte. Ich denke für euch scheint es so, als wäre unsere kleine Stadt nicht in Aufruhr. Für Gäste wird es so aussehen, als würden wir nichts von all dem da draußen mitbekommen. Doch wir wissen sehr wohl, was uns alle erwartet! Felipa rüstet ihre Truppen! Die Drachen, die ihrer Streitmacht gehorchen, sind unbezwingbar. Glaubt mir eins, vermutlich werdet ihr mit dem Geheimnis was Iris Morel-Jones, Tochter des Kastor Morel hütet, in Felipas Inneres eindringen. Vermutlich werdet ihr sie umbringen, aber seid gewarnt, sie ist nicht das, was sie zu sein scheint! Sie wird wiederkommen. Ein Kampf wird nicht reichen, um sie für immer zu stürzen! Sucht in den Wäldern hinter den kalten Höhlen!" Charlie und sein Vater wussten nicht wovon sie sprach, aber August verstand und nickte kaum merklich. Der Anflug eines Lächelns huschte über sein Gesicht. „Habt Dank!" antwortete er und verbeugte sich tief. Sie gingen Seite an Seite den Palast hinaus, auf die große Wiese, auf der sie angekommen waren. „Folgt mir", forderte August Charlie und Romulus auf. Sie taten wie geheißen. Weder Romulus noch Charlie wussten, wo August sie hinführte, doch sie vertrauten ihm. Sie kamen an einer Höhle an, weit abgelegen von den Häusern von Arkstadt, zwischen denen sie vor Stunden noch ihren Marsch begonnen hatten. Charlie kämpfte sich den anderen beiden hinterher durch das enge Gestrüpp, das den Höhleneingang versperrte. „Pedero", sprach Romulus gelassen. Das wilde Gestrüpp löste sich aus seinen Fesseln und Verstrickungen, sodass es einfach nach unten hing und sie ihren Weg mühelos fortsetzen konnten.

Kapitel 10

Die Luft in der Höhle war stickig und trocken, ganz anders als man es von Höhlen kannte. Es gab bis auf einen kleinen Lichtstrahl, der sich durch das dichte Gestrüpp schummeln konnte, kein Licht. August streckte seine Hand aus, sodass sie sich gerade vor seinem Körper befand. Ohne etwas zu sagen, erschien eine kleine leuchtende Kugel, so groß wie eine gewöhnliche Murmel, auf seiner Hand, doch so hell wie Tageslicht. Mit einem leisen ‚Plopp' löste sie sich und flog ihnen voran. Charlie konnte nun die Höhlenwände erkennen, die von oben bis unten mit Bildern und Zeichnungen in Braun- und Orangetönen bemalt worden waren. Sie erinnerten Charlie an die Höhlenbemalungen aus der Steinzeit, nur dass diese keine erbitterten Kämpfe zwischen Menschen und Tieren zeigten, wie es üblich für die Steinzeit gewesen war. Diese hier zeigten zwei Jungen, die sich umarmten, wie sie Zaubersprüche lernten oder einfach nur zusammen Spaß hatten. August lief eine Träne über das faltige und doch so liebenswerte Gesicht, er starrte wie gebannt auf die liebevoll gemalten Bilder und in seinem Kopf hallten zwei fröhliche Kinderlachen wider. Er sah zwei Jungen, die sich in den Armen lagen und die sich liebten. Zwei Jungen, die mehr verband als Freundschaft und Liebe. Die Bilder zeigten, wie sie in dieser Höhle saßen und malten, wie sie sich die Farben gegenseitig in die Gesichter schmierten, bis sie am Abend müde in ihre Betten fielen. Für Charlie schien es wie eine Offenbarung. Mittlerweile war er sich sicher, dass einer der Jungen August darstellte. August starrte auf die Bilder, doch in Wirk-

lichkeit beobachtete er die Erinnerungen, die seinen Kopf durch-
fluteten. Er erinnerte sich daran, wie sie keinen Laut von sich gegeben hatten, hatten sie jemanden gehört, der womöglich ihr Ver-
steck finden konnte. Und daran, wie sie den geheimen Ausgang
dieser Höhle entdeckt hatten. Es waren unglaublich schöne Erinnerungen, die August alles Leid dieser Welt vergessen ließen, so
schön, dass sie ihm weh taten. Mit einem Mal hatte er keine Kontrolle mehr über sein Bewusstsein. Die Erinnerungen prasselten
auf ihn ein und er konnte nichts dagegen tun, egal wie sehr er
versuchte, sich vor den eigenen Gedanken zu verschließen. Die
beiden Jungen waren nun zu jungen Männern herangewachsen.
Sie standen sich gegenüber, verfluchten sich mit den schlimmsten
Zaubern, die sie kannten, sodass sie sich schlussendlich beide,
verwundet wie sie waren, zurückziehen mussten, um ihre Wunden soweit es ging mit Magie zu heilen. „Weiter!" befahl August
forsch. Er überspielte seine eigentlichen Gefühle und tat, als wäre
das, was er eben gesehen hatte unwichtig. Ihr Weg führte sie vorbei an Gabelungen, an denen sie verzweifelt wären, aber August
wusste ganz genau, was zu tun war. Nach mehreren Minuten
Fußmarsch, endete ihr Weg in einer Sackgasse. Hier gab es nichts,
außer einem großen Stein, der aussah, als bilde er eine Art Tür,
die vor unerwünschten Blicken verborgen bleiben sollte. August
drückte seine Hand fest an sie, bis sie unvorhergesehen auffiel.
Neben seinem Handabdruck leuchtete ein zweiter und es schien
als wäre es ein und derselbe, obwohl Charlies Vermutungen sich
überschlugen und sich eine ganz vorne in sein Gehirn einbrannte.
„Er ist dort drin." Augusts Stimme klang ängstlich und doch hoffnungsvoll. Seine traurige, herrische Art von zuvor hatte sich gelegt, war jedoch noch nicht gänzlich verschwunden. Sie durch-

querten das Loch was zuvor von dem ‚Türfelsen' versteckt worden war. August schritt vornweg, er machte nun kein Geheimnis mehr daraus, dass es mehr war, als sich nur auszukennen, aber er sprach nicht darüber. Der Blick, der sich Charlie bot war unglaublich. Er hätte mit allem gerechnet, aber das, was er nun vor sich hatte, erstaunte ihn zutiefst. Sie standen unter einem kleinen Felsvorsprung, dieser war gerade groß genug, um aufrecht darunter stehen zu können. Höchstens drei Meter vor ihnen endete er abrupt, sodass sie sehen konnten, was dahinter lag. Sie schauten auf einen Wald, wie sie ihn schon seit Wochen bereisten. Hier lag Magie in der Luft! „Wir müssen hier runter", befahl August und begann eine kleine Böschung hinunterzuklettern, die vor ihnen lag. Romulus und Charlie folgten seinem Beispiel. „Wo sind wir?" fragte Romulus „Wir sind in den Wäldern hinter den kalten Höhlen, es gibt viele Wege, um hierher zu gelangen, aber nur die wenigsten finden einen. Es scheint so verwunderlich wie in einem Film der Normalen oder auch den nicht Magiekundigen, die fernab von Amatopien ein ganz gewöhnliches Leben führen. Findet man etwas, was aussieht wie eine Tür, die hierher führen könnte", er machte eine ausladende Bewegung, „denkt man sich eine Beschwörung aus, die aus verschiedenen Zaubern besteht, deren Bedeutung ist dabei vollkommen egal, denn am Ende ist sie nur dazu da, die Tür zu öffnen. Dabei drückt man ein Teil seines Körpers, die meisten machen es mit ihren Händen, was auch am empfehlenswertesten ist, gegen die Tür. Ist es eine mehr oder weniger sichere dieser Türen, gewährt sie dir Einlass. Ist es keine oder ein anderer hat sie bereits für sich gewonnen, passiert gar nichts. Viele Leute suchen einen Weg hierher, es ist bekannt aus alten Überlieferungen oder Liedern der Gelehrten. Die meisten entdecken es durch Zufall. Ich hoffe, das hat deine Frage beantwortet." Sie gingen ihren Weg, auch wenn sie nicht so richtig wussten, wo er enden würde. Ihre Nahrung neigte sich dem Ende und auch die Feldflaschen gaben nicht mehr das her, was sie einmal getan hatten, weshalb sie an einem kleinen See im Wald Halt machten, um ihren Durst zu stillen und neue Kraft zu tanken. Charlie war gerade dabei seine kleine Feldflasche zu füllen, als er etwas Merkwürdiges entdeckte. Der See war trüb, aber trotzdem klar genug, um den seltsamen Schatten auf dem Grund zu erkennen. Er bewegte sich ununterbrochen, sodass der Sand um ihn herum aufwirbelte und das ‚Ding' fast gänzlich verbarg. Als er seine Flasche aus wieder aus dem Wasser zog, spürte Charlie etwas an seinem Fuß. Er brauchte nicht lange, um zu verstehen, was soeben geschehen war. Der Schatten hatte einen seiner vielen Arme um sein linkes Bein geschwungen und zog ihn mit sich. Wasser durchdrang seine Klamotten und die Kälte fraß sich in seine Eingeweide, während er tobte und kreischte, um sich aus des Monsters Griff zu befreien. Panik kam in Charlie auf und das Aussehen des grässlichen Monsters schürte die Angst nur noch. Es ihn erinnerte an einen großen hässlichen Oktopus, jedoch mit mehr als acht Armen und nicht rot, wie sie immer beschrieben wurden, sondern schwarz, wie eine Katze in der Nacht. Dort, wo eigentlich die Saugnäpfe hingehörten, stießen kleine Stacheln hervor, die drohten, ihn jeden Moment aufzuspießen. Die Augen des Ungetüms funkelten voller Genugtuung, als hätte es nur auf ihn gewartet „Hilfe!" schrie er in die Richtung seines Vaters, in der Hoffnung lauter zu sein, als die Wellen, die lautstark gegen die niedrigen Felswände peitschten und ihn jedes Mal an die Steine drückten. Erneut rief er nach Rettung, aber nichts geschah. Er hatte unfassbare Schmerzen. Seine Hand pochte wild. Etwas hatte sich um seine Beine geschlungen, seine ganze Angst war auf die Pflanzen, die sich um seine Arme geschlungen hatten und das grässliche Monster, was ihn jeden Moment umbringen könnte, gerichtet. Es dauerte lange, bis Romulus und August begriffen hatten und zur Hilfe geeilt kamen „Dolier!" schrie Romulus. August hatte ebenfalls einen Zauber gewirkt, jedoch ohne ihn laut auszusprechen. Charlie rang nach Atem, während er versuchte, seinen Körper über Wasser zu halten. Er hatte keinen Überblick was die anderen Beiden taten, doch seine Gliedmaßen waren schwer und er zitterte vor Angst und Kälte. Seine Wange fing an zu bluten, als er noch einmal gegen die Felswand schlug. Die Wellen ließen nicht zu, dass das Blut ihm das Gesicht herunterfloss, aber es brannte bei jeder Berührung mit dem offensichtlich salzigen Wasser. Charlie fing an, selbst einen Zauber zu wirken und es schien als würde das seltsame Wesen immer schwächer werden. Mit einem Mal spürte Charlie, wie sich die Fesseln lösten, doch er konnte sich nicht halten und glitt tief unter die Wasseroberfläche, wo er mit allen Mitteln versuchte, wieder festen Boden unter den Füßen zu finden. „Ilium!" rief er tonlos in das Wasser. Es änderte nichts an seinen Schmerzen oder seiner Angst, aber es brachte ihn über die Wasseroberfläche und schützte ihm vorm Ertrinken. Die Clarks hatten keinen Wert darauf gelegt, Charlie das Schwimmen beizubringen. Die gewirkten Zauber hatten so an seinen Kräften gezehrt, dass Charlie das Bewusstsein verlor. Als er wieder zu sich kam, lag er an Land. Jemand hatte ihn in eine Decke eingewickelt, um ihn vor der Kälte zu schützen und außerdem seine Wange geheilt. Die Wunde war zwar nicht verschwunden, jedoch waren die Blutungen mit einem Zauber gestillt worden und seine Hand schmerzte nicht mehr. Ein Hustenreiz durchfuhr ihn, so stark, dass er sich aufrichten musste, um das restliche

Wasser aus seinen Lungen zu holen. „Wie geht es dir?" fragte ihn sein Vater. „Scheinbar besser, als es eigentlich sein sollte!" gab Charlie dankend zurück. Er hoffte, dass die Beiden verstanden, dass er sich damit indirekt für ihre Hilfe bedankte. „Es war töricht von dir zu zaubern, nachdem wir dir zur Hilfe gekommen waren! Ein Zauber mehr und deine Erschöpfung hätte dich umgebracht! Ich kann nicht abstreiten, dass deine Leistung für dein Alter großartig war, aber von Weisheit keine Spur!" belehrte ihn August. Charlies Stärke und Intelligenz im Umgang mit Magie begeisterte August und schüchterte ihn gleichzeitig ein. „Merk dir eins mein Junge, wer intelligent ist, muss noch lange nicht weise sein und umgekehrt!" Charlie lauschte Augusts Worten gespannt, bis ihm ein merkwürdiges Kribbeln in seinem Kopf die Konzentration stahl. Er blickte zu August, der ihn genau visierte und dabei kess lächelte. Es dauerte einen Moment bis Charlie begriff, dass es August war, der in seinen Gedanken stöberte. Diese Tatsache erschreckte ihn. „Wie?" fragte er und auch Romulus war nun hellwach. Charlie konnte immer noch Augusts Anwesenheit in sich spüren. Sein Kopf schien voll mit Erinnerungen, die er nie erlebt hatte, er war sich sicher, dass es Augusts waren. „Oh, Felipa und Thorid haben mich viele Dinge gelehrt, die ich eigentlich nicht können dürfte. Das Gedankenlesen verdanke ich Felipa, auch wenn ich es nicht gerne sage. Ich bezweifele, dass Thorid im Stande gewesen wäre, so mächtige Zauber zu erlernen und noch weniger, sie zu lehren!" „Das ist ja schön und gut, aber warum hast du das getan?" fragte Charlie wissbegierig. Er war wütend darüber, dass August ohne seine Erlaubnis seine Gedanken durchforstet hatte. „Wenn man von einem schwarzmagischen Wesen wie diesem angegriffen wird, wie du es eben durchlitten hast, ist es nicht unüblich, dass man verrückt wird. Nur Wenige halten ihrer Angst stand. Sie wissen nicht, was du denkst, doch sie haben die Angewohnheit einen so in den Wahnsinn zu treiben, dass sich ihre Gedanken mit denen ihres Opfers vermischen, sodass diese nicht mehr zwischen real und irreal unterscheiden können. Wäre dies der Fall gewesen, wäre es nur noch eine Frage der Zeit bis du durchgedreht wärst. Hätte ich nicht getan, was ich getan habe, wären wir alle in Gefahr gewesen!" Charlie verstand und Romulus nickte leicht, um August zu danken, sie vor Schlimmerem bewahrt zu haben. Die Höhle in der sie sich als ihr Nachtlager niedergelassen hatten war unbequem, aber wenigstens schützte sie die Wanderer vor weiteren ungewollten Begegnungen. Charlie spürte die Erschöpfung nach all dieser Aufregung nun in jeder Faser seines nasskalten Körpers und dämmerte in einen tiefen, traumlosen Schlaf. Am nächsten Morgen wurde Charlie von einem heftigen Surren geweckt. Er brauchte einen Moment, bis er erkannte, dass es sich um für ihn scheinbar unbekannte Stimmen handelte. Er linste über die Büsche, zwischen denen sie geschlafen hatten, um sich einen Überblick über die Fremden zu machen. Charlie hatte sie viel näher erwartet, als sie in Wirklichkeit waren. Sie mussten sich anschreien, sonst hätte Charlie sie auf diese Entfernung wohl kaum verstanden. August und Romulus waren ebenfalls geweckt worden und auch sie hatte die Neugierde gepackt. Sie zogen sich ihre Umhänge an und warfen sich warme Kleidung über, die sie vor der kühlen Morgenluft schützte, die über ihre Haut krabbelte. Sie schlichen sich auf die noch Fremden zu, mit Bedacht sich im Verborgenen zu halten, sollten sich die anderen unvorhergesehen in ihre Richtung drehen. Es war schwierig sich zu verstecken, da sie sich auf einer weiten Ebene befanden. Nur ab und zu gab es Felsen, die groß genug waren, um sich zu dritt dahinter zu verstecken. Der Boden unter ihren Füßen war steinig und knirschte unter ihrem Gewicht. Als sie nah genug herangetreten waren, um auch Einzelheiten erkennen zu können, versteckten sie sich hinter einem Felsbrocken. Er war nicht groß genug, um sie alle zu verbergen, doch war es schwer sie zu erkennen, wenn man nichts von ihrer Anwesenheit wusste. Bis jetzt hatte Charlie nicht erkennen können, wer oder was vor ihnen lag, aber jetzt erkannte er es deutlich. Antek stand einer hübschen Frau gegenüber. Sie trug dunkelbraunes langes Haar, was offen auf ihre schmalen Schultern herunterhing. Ihre Augen leuchteten in einem wundervollen Blau, in dem sich der Himmel spiegelte. Ihre Aura hatte etwas Einschüchterndes, Sonderbares. Sie wirkte angespannt. Romulus hatte an Farbe verloren, August im Gegenteil war rot angelaufen, zumindest so sehr wie es sein blasser Hauttyp zuließ. Gespannt lauschten Charlie, Romulus und August ihrem Dialog. „Du musst uns helfen", flehte Antek die noch unbekannte Frau an. „Sie hat mir aufgetragen ihn zu töten!" „Ich kann nicht Antek", widersprach diese nur ernst. „Ich kann nicht weg von hier. Ich bleibe hier, egal was geschieht. Ich habe ihr einen Eid geschworen. Werde ich dieses Tal hier verlassen, sind wir alle verloren!" „Iris, die Zukunft Amatopiens liegt in deinen Händen!" Nun wurde auch Charlie blass und hatte Mühe sich auf den Beinen zu halten. „Wenn du mir je vertraut hast, dann glaube mir, es gibt einen Weg dich aus den Fesseln deines Versprechens zu befreien." „Antek, du weißt, dass ich dir einmal vertraut habe, wie vielen anderen auch! Aber was soll mich dazu veranlassen dir zu helfen? Es war dein Bruder, der mir meinen Sohn nahm und es war Thorid, die ihm dies auftrug und es war Romulus, der zu feige war, sich all dem zu stellen!" In ihrem letzten Satz lag jene Verbitterung, die sich über die Jahre hinweg angestaut hatte. „Du legst deine Wut und Trauer in die Schuld

Anderer, das ist natürlich, aber töricht! Du verlierst dich selbst aus den Augen, schau dich an! Was ist aus der stattlichen Frau geworden, die einst für die Gerechtigkeit in der Welt kämpfte?" „Ich bin nicht mehr die, die ich einmal war. Wir verändern uns ständig, Leben ist Veränderung. Dagegen können wir nichts machen. Sag mir, wie du mich des Eides entbinden möchtest." Antek antwortete überlegt: „Weißt du, wenn ich es mir Recht überlege, scheinst du dich gar nicht ändern zu wollen, aber es ist dein Recht es zu erfahren!" „Red nicht um den heißen Brei herum oder ich überlege mir den Teil mit der Gewaltlosigkeit anders!" Antek sprach unbeeindruckt weiter: „Na schön. Es gibt eine Prophezeiung. Sie erzählt von Mann und Kind. Sie wissen nicht, wie sie zusammenhängen oder woher sie sich kennen, aber es heißt, das Schicksal Amatopiens liegt in ihren Händen. Felipa ist sich sicher, dass es sich bei dem Jungen um deinen Sohn Charlie handelt. Er ist hier, in dieser Sekunde!" „Wie kannst du dir da so sicher sein?" Ihr Interesse war geweckt, doch die Wut nicht abgeflaut. „Nun es ist so, es gibt einen Teil der Prophezeiung, den ich Felipa vorenthalten habe, den ich dir nun mitteilen werde. Es ist keine normale Prophezeiung. Sie verspricht einen oder mehrere Schicksalsträger, was bedeutet, dass nur diese und die, die sie auswählen ihre Worte erfassen können! Da ich ihre Worte kenne", er begann nun zu flüstern „...bedeutet das, dass ich der Mann bin, von dem die Rede ist. Ich bin ein Gelehrter wie mein Bruder, ich kann die Anwesenheit Fremder spüren, aber noch mehr die Gedanken meines Schicksalsverbündeten. Tritt vor Charlie Jones!"

Kapitel 11

Charlie wagte es nicht sich zu bewegen, aber August machte eine ausladende Geste und bedeutete ihm jenes zu tun, was Antek verlangt hatte. Charlie und Antek blickten sich tief in die Augen, als Charlie es wagte einen Fuß vor den anderen zusetzten und näher zu kommen. „Wir sind es, auf denen das Schicksal haftet!" rief er. Er gab Charlie nicht das Gefühl, ein Höhergestellter zu sein, viel mehr, als wäre ihre Macht auf Augenhöhe. Charlie wusste nicht, wie er sich fühlen sollte. Die Gesamtsituation ließ keine normale Gefühlsregung zu. Ihm war heiß und kalt zu gleich, er wusste nicht was er sagen sollte. Er ging tief in sich hinein, bis ihm klar wurde, dass die seltsamen ‚Halbschlafträume', die er gehabt hatte, als er nicht in den Schlaf gefunden hatte, keine normalen Träume, sondern Anteks Gedanken gewesen waren. August trat ebenfalls hinter dem Brocken hervor und auch Romulus kam einen Schritt auf sie zu, sodass alle ihn sehen konnten. Iris' Blick ruhte auf ihrem Sohn, ohne dass sie ihn abwendete. Charlie war wie getrieben von seiner Energie. Er wusste nicht, was dieses Gefühl in ihm auslöste, aber er wusste, dass Antek etwas damit zu tun hatte. Und wenn es nur seine Anwesenheit war, die ihm neue Kraft gab. Mit einem Mal hatte nicht mehr das Gefühl allein zu sein, was seit Wochen auf ihm lastete. „Was müssen wir tun, Iris?" fragte Romulus kalt, ihm war klar, dass es für Beide nicht die optimale Zusammenkunft war, aber er war sich sicher, dass alles andere ungewollte Gefühle ausgelöst hätte. Iris antwortete trotzdem. „Geht zu Felipas Palast. Sie ist zu mächtig, um sie ohne einen Kampf zu besiegen und nur mit Glück ohne ein Opfer. Aber merkt euch eins, Felipa mag mächtig sein, aber ihr besitzt eine

Macht, die sie nie besitzen wird. Liebe!" Nach dem Wort Liebe atmete sie einmal tief durch und sah Romulus tief in die Augen. Er sah sie ebenfalls an und die Macht, die in ihren Gesichtern lag, war herzzerreißend. „Wir können nur hoffen, dass wir den Sieg tragen werden, aber fürs Erste muss ich etwas tun, worauf ich mehrere Jahrzehnte gewartet habe!" bemerkte August. Antek sah aus, als würde er verstehen, was sein Bruder damit meinte „Oh ja, ich auch!" gab dieser zurück. Beide hatten sie ein kesses Lächeln auf den Lippen was sie ununterscheidbar machte. Sie pressten ihre Handflächen zusammen, sodass zwischen ihnen ein blaues Licht erstrahlte. Als sie sich wieder losließen leuchteten zwei identische Sterne auf ihren Handgelenken. „Und auf in den Kampf!" sprachen die im Duett. Romulus lächelte und auch Iris starrte wie gebannt auf die Geschwister. „Was hat das zu bedeuten?" stammelte Charlie. „Hier geht es um einen der stärksten Zauber, die es gibt. Will man ihn beherrschen, muss man dem anderen so nah stehen, dass man, wenn es nötig ist, in dessen Gedanken eintauchen kann. Ist dies der Fall, kann man sich mit dieser Zauberformel aneinanderbinden. Ist einer der Beiden in Gefahr, zehrt die Kraft automatisch auch an der Kraft des anderen. Der Zauber verhindert, sich gegenseitig ernsthaft zu verletzen." Charlie gefiel dieser Zauber. Bis zu diesem Zeitpunkt hatte er seine Mutter total vergessen, die Umstände hatten ihn aufgewühlt. Er drehte sich zu ihr um und sah ihr in die Augen, sie lächelten beide. Charlie fühlte sich mit ihr verbunden, obwohl er die Liebe zu seinem Vater stärker empfand, woran es auch lag, sie wirkte verschlossen vor der Welt. Sie trat auf ihren Sohn zu und schloss ihn in ihre Arme, woraufhin er es ihr gleichtat. Im Herzen fühlte er sich komplett, aber seine Gedanken vermischten sich unaufhörlich mit denen Anteks.

Romulus, August, Charlie und ihre neuen Begleiter Antek und Iris machten sich erneut auf den Weg hin zu dem Schloss des Bösen und liefen über den hässlichen Innenhof. Alles war so schnell gegangen. Charlie fühlte sich schneller als jedes Licht dieser Erde und mutiger als jeder Abenteurer, denn jetzt war er selbst einer! Der Weg, den sie hinter den Höhlen begonnen hatten, war lang und beschwerlich gewesen, aber Charlie hatte alles so hingenommen, wie es gewesen war, denn er hatte nicht viel für den Weg übrig. Seine Gedanken trieben ihn beinah in den Wahnsinn und er hatte damit zu kämpfen, sich nicht zu sehr darauf zu konzentrieren. „Kommt mit", drängelte Antek, als sie ihr Ziel erreicht hatten. Er führte sie durch einen schmalen Gang. Die Wände waren in einer Farbe angestrichen, die irgendwo zwischen grün und grau lag. Auf dem Boden sickerte ein kleines Rinnsal blauer Flüssigkeit. Charlie hatte nicht daran gedacht, seine Gedanken so gut wie möglich vor Antek zu verschließen, sodass dieser ihm so leise es ging zuflüsterte: „Drachenblut." Mehrere Male bogen sie in verschiedene Richtungen ab, bis sie den großen Thronsaal erreicht hatten, den sie zuvor schon einmal von der anderen Seite betrachtet hatten. In Anteks Gedanken spiegelte sich Angst wider. Nicht die Angst vor Felipa, sondern die Angst vor Verlusten in dem unausweichlichen Kampf, den sie sich liefern würden. Felipa stand in ihrem Thronsaal, ihnen den Rücken zugewandt. Als Felipa sie erblickte, lachte sie höhnisch. Sie wirkte verschlagen und es war undefinierbar, was sie als Nächstes tun würde. „Antek, mir ist unklar, was du vorhast, aber ich spüre die Angst in deinen Gliedern so deutlich, wie meine eigenen Gefühle! Falls du dich dazu entschieden hast, dich gegen mich zu wenden, nur zu, ich werde dich nicht aufhalten. Aber denk nicht, ich würde dich verschonen. Was dich angeht, Iris Jones du hast mir einen Eid geschworen und dir ist sicher bewusst was geschieht, solltest du ihn brechen, erzähle ihnen von unserem Geschäft! Du hast es mir versprochen. Der Junge ist mein!" Sie lachte, Iris schwieg und starrte betreten auf den Boden. Antek sah Iris fassungslos an, als wüsste er wovon Felipa sprach. Dann sagte er: „Eure Majestät, ich mag nicht über die notwendige Verschlagenheit verfügen, Amatopien von allem Leid der Welt zu befreien, aber ihr besitzt auch nicht die nötige Macht, um zu herrschen. Die Leute werden durch Angst und Schrecken getrieben, aber Herrschaft bedeutet etwas anderes. Leitet die Menschen so, dass sie glücklich werden können oder kämpft gegen uns. Entweder werden wir siegen oder als Helden sterben!" Entgegen Charlies Erwartung blieb sie ruhig und lächelte, fast als hätte sie Mitleid. Ihre Worte waren nun an Charlie gerichtet: „Du, Charlie Jones, ich hatte mich auf die Suche nach dir gemacht, doch anders als ich erwartet hatte, warst du nicht aufzufinden. Zumindest nicht dort wo ich suchte! In London. Ich hoffe, du verzeihst mir der Zerstörung des Waisenhauses wegen, doch wie ich weiß, wird das nicht allzu schwer werden, da du es nicht sonderlich mochtest!" Nach diesen Worten lachte sie aus voller Kehle, ein Lachen, bei dem sich Charlies Nackenhaare aufstellten. Sie erzählte weiter. Alle Blicke waren angespannt, aber interessiert, auf Felipa gerichtet. „Charlie, stell dir vor, was wäre, wenn du dich mir anschließen würdest! Wir könnten die Welt zu einem besseren Ort machen! Das ist es doch, was du mit meinem Sturz herbeirufen willst! Einen Frieden, der genauso herrschen könnte, ohne noch mehr Leben zu vergeuden. Egal, wie ihr euch entscheidet, denkt daran, dass nicht ich es bin, die auf eine Schlacht aus ist. Ihr seid es die angreifen, mit dem Wunschdenken eine Welt zu erschaffen, die frei von jeglichem Leid ist! Ihr solltet wissen, dass ich für den Fall eines Angriffs natürlich genug Hüter habe, die es mit Leichtigkeit mit euch aufnehmen können. Charlie, überdenke mein Angebot sorgsam!" Er tat wie aufgefordert, jedoch war es nicht die Aufforderung, die ihn dazu antrieb, denn auch ohne diese, würden seine Gedanken unaufhörlich summen. Er war gefangen in einem Dilemma, denn alles, was sie sagte war so nah an seiner Gefühlswelt, dass es ihn beinahe überzeugte. Langsam begriff er, dass es gefährlich war ihr zuzuhören, sie war überzeugend. Charlie zwang sich, weiter für Jenes einzustehen, was ihn hierhergebracht hatte, weshalb er ihr schnell antwortete, obwohl er wusste, dass seine Worte riskant waren. „Ich werde mich euren Truppen niemals anschließen. Auch wenn ich es lange Zeit nicht wusste, ich bin dazu geboren, um zu stehen, wo ich gerade stehe und es ist mein Geburtsrecht zu siegen, ob tot oder lebendig." Felipas Blick wurde kurz ernst, aber als er seinen Satz zu Ende gebracht hatte, lächelte sie wieder. „Wenn das so ist, bleibt mir wohl keine andere Wahl, als zu kämpfen, aber bevor wir anfangen müssen wir noch auf jemanden warten, in gewisser Weise ein Ehrengast! In der Zwischenzeit, kümmert euch um ihn...!" Mit diesen Worten erkannte Charlie hinter ihrem Thron einen riesigen Drachen, so groß, dass Charlie ihn für die Wand des Raumes gehalten hatte. Seine volle Größe erkannte er erst jetzt. Der Drache stieß ein lautes Brüllen aus und stapfte mit schweren Schritten auf sie zu, wobei der Boden unter ihren Füßen bebte. Charlie zog ein Schwert aus seiner Scheide und streckte es entgegen der Nüstern des riesigen Ungetüms. Anteks Blick war traurig, August wirkte erschrocken und warf Antek einen schnellen Blick zu. Auf Augusts fragenden Gesichtsausdruck hin, nickte er immer noch überwältigt von seinen eigenen Gefühlen. Plötzlich konnte Charlie etwas spüren, etwas ihm bis jetzt Unbekanntes hatte sich tief in seinen Geist gebohrt und erst als er zu Antek hinübersah, konnte er seinen haftenden Blick auf den Drachen sehen. Es schien fast, als würde er mit ihm kommunizieren. Als Antek Charlies geistige Berührung spürte, zog er sich sanft aus dessen Gedanken zurück. Der Drache kam immer weiter auf Charlie zu, bis er schließlich vor ihm stand. Ohne viel Kraftaufwand wand Charlie seinen Schwertarm so, dass dieser hoch über seinem Kopf kreiste und ging auf den Drachen los. Ohne über die Konsequenzen nachzudenken stieß er das Schwert in die Brust des Drachen. „Nein!" schrie Antek flehend, aber Charlie achtete nicht auf ihn. Mit einem Schrei purer Verzweiflung stolperte der Drache zurück an den Platz, wo er zuvor gelegen hatte und verharrte dort reglos, und trotzdem, so schien es, jederzeit zum Angriff bereit. Felipa ergriff wieder das Wort. „Antek, es erscheint mir, als denkst du, er höre immer noch auf dein Wort, aber meine Zauber binden ihn. Egal, ob du es warst, bei dem er geschlüpft ist." Eine scheinbar über Jahre angesammelte Verzweiflung bildete sich auf Anteks Gesicht und eine Träne rann über sein Gesicht. Er weinte, des Verlusts seines Drachens wegen, wie Charlie jetzt verstand. Bis jetzt hatte er gedacht, die Legende sei nichts weiter, als eine Erfindung, weshalb er nicht länger darüber nachgedacht hatte. Die gegenseitige Liebe Anteks und seines Drachens rührte ihn. „Du magst vielleicht seine Stärke und Macht unter Kontrolle haben, aber seine Gefühle sind immer noch dieselben, auch wenn es unmöglich erscheint", zischte Antek und Charlie bewunderte seinen Mut, dass er sie mit ‚Du' ansprach. „Komm zu mir, Fjodor!" er flüsterte und weinte bei diesen Worten. Seine Tränen verliehen seinen Gefühlen Wahrheit und Kraft. Felipa lachte,

August war blass geworden. Ihnen gegenüber kam Felipe herbeigeeilt. Keiner von ihnen hatte ihn erwartet. Er reihte sich zwischen ihnen ein und blickte Felipa böse in die Augen. Dann murmelte er scharf: „Mutter, ich bin gekommen, um zu kämpfen. Ich habe meine Seite gewählt und es wird nicht die deine sein!" Felipa antworte gelassen: „So soll es sein mein Sohn, ich hatte dich schon angekündigt. Denn, wie du dir vielleicht denken kannst, war ich es, die dir deine Vision vorgespielt hat. Vermutlich wird es meine Krieger nicht stören, einen mehr niederzustrecken!" In Charlies Kopf hallten Anteks Gedanken wider. Er sprach zu ihm so deutlich, als wären es seine. „Wir haben keine Wahl, wir müssen sie angreifen, das Schicksal lastet auf uns. Alle anderen können nichts tun und selbst, wenn sie es versuchen, wird es sie in den sicheren Tod führen. Vermutlich gehört Felipe zum Plan des Schicksals dazu, genau wie August und Romulus. Aber wir haben keine Zeit darüber nachzudenken!" „Hast du einen Plan oder hoffst du, ohne zu siegen?" fragte Charlie ihn ebenfalls im Geist. „Ich schätze eher zweites, aber wir sind Schicksalsträger, wir sind dazu bestimmt zu leben oder zu sterben. Unser Schicksal ist vorgesehen. Es wird eintreten, egal ob im Kampf oder nicht, also kämpfe. Kämpfe für die, die du liebst und für die, die es verdient haben zu leben!" Die stille Kommunikation irritierte die anderen. Sie warteten immer noch darauf, dass irgendetwas passierte. Charlie blickte zu Antek hinüber, dieser zwinkerte ihm mit einem Auge zu und feuerte seinen ersten Zauber in Richtung Felipa ab.

Kapitel 12

Felipa schrie aus Leibeskräften. Von rechts und links kamen Drachenhüter angerannt, die die Fremden umstellten. Felipa zielte mit einem ihrer Zauber auf Antek. Dieser wurde gegen eines der hohen Fenster geschleudert, was daraufhin augenblicklich zerbarst. Er war bereits nach den ersten zwei Minuten vom Kampf gezeichnet, aber niemand konnte ihn davon abhalten diesen Kampf für sich zu entscheiden. Auch Charlie steckte tief im Kampfgetümmel. Die Drachenhüter waren in der Überzahl, sodass alle, die sich gegen Felipa gestellt hatten, mindestens zwei Mann auf einmal bekämpfen mussten. Mit seinem Schwert schlug Charlie auf seine Gegenüber ein, aber sie waren ihm ebenbürtig im Umgang mit dem Schwert und Charlie war zu unerfahren, um den Kampf mit Magie fortzusetzen. Er schrie vor Schmerz, als ihm einer der übrigen Drachenhüter einen Dolch zwischen die Rippen rammte. Er vernahm das Geräusch brechender Knochen und eine Blutlache bildete sich auf seinem Umhang. Er spürte das warme Blut unter seiner Hand, als er sanft darüberstrich, aber er musste weiterkämpfen, egal wie sehr die Schmerzen ihn beherrschten. Seine Gedanken waren unaufhörlich auf der Suche nach Anteks, der ein paar Meter weiter einen Mann nach dem anderen niedermetzelte. Charlies Arme wurden schwer und seine Hände schmerzten durch das Gewicht seines Schwertes. Den Männern, die ihm gegenüberstanden, schien es ähnlich zu gehen, aber auch sie wollten unmöglich aufgeben. Er dachte an die Worte seiner Mutter. Sie sollten an die Liebe denken und er tat wie geheißen. Er dachte an die erste Begegnung mit seinem Vater, an den Moment, als er erfahren hatte, wer er wirklich war und schlussendlich an die erste Begegnung mit seiner Mutter. Es änderte nichts an seinem Kampfstil und seine Gegner kippten auch nicht einfach um, wie es in Filmen oftmals gezeigt wurde. Das hatte er auch nicht erwartet, aber seine Gedanken gaben ihm neue Hoffnung und Kraft und er war so gut wie sicher, dass es genau das war, was es erreichen sollte. Es füllte ihn bis oben hin mit Energie. Seine Gegner bemerkten die plötzliche Veränderung und wollten fliehen, aber Charlie konnte nicht zulassen, dass sie entkamen. Er holte aus und schlug ihnen mit seinem Schwert auf den Kopf, die Helme zersprangen und sie fielen reglos zu Boden. Der Tod der zwei Drachenhüter machte ihm zu schaffen. Er hatte sie nie umbringen wollen, obwohl ihm die ganze Zeit klar gewesen war, dass es keinen anderen Weg gab. Seine Gefühle lenkten ihm vom eigentlichen Geschehen ab, bis er Anteks Stimme in seinem Kopf vernahm. „Gut gemacht Charlie. Ich höre deine Gedanken, klarer als man sie in Worte fassen könnte. Du hast Recht, es ist nicht leicht für den Tod eines Menschen verantwortlich zu sein und niemand, der es doch ist, will es wahrhaben, aber denk daran, für wen du das Ganze tust. Denk an all die Kinder, die in Angst aufwachsen müssen. An die Leute, die trotz ihrer Langlebigkeit sterben müssen, ohne je etwas getan zu haben. Kämpfe für eine Welt in der Gerechtigkeit herrscht!" Seine Worte ermutigten Charlie und trösteten ihn, aber es änderte nichts an der Reue, die er spürte. Iris floh aus einer Seite des Saals, doch Charlie kämpfte eisern weiter. Er gewann einen Schwertkampf nach dem anderen, bis er sich Felipa gegenübersah. Ein Zauber nach dem anderen kam über seine Lippen und ein Fluch nach dem anderen prallte an ihr ab, als wäre sie unbesiegbar. Er hätte lieber mit dem Schwert gekämpft, aber Felipas Zauber waren zu mächtig, um ihr mit dem

Schwert gegenüberzutreten. Felipa hob ihre Hand und zielte auf ihn mit einem gelben Lichtblitz. Charlie verteidigte sich mit einem Zauber, den Antek gerade benutzt hatte und der nun immer noch in seinem Kopf schwebte. Sein Arm schmerzte und stand in einem komischen Winkel in die falsche Richtung, sein Hinterkopf blutete leicht und dort wo der Dolch zwischen seinen Rippen gesteckt hatte, pochte der Schmerz unaufhörlich. Aus irgendeiner Richtung hörte er seinen Vater einen lauten Schrei ausstoßen, aber er konnte sich nicht abwenden, ohne die Gefahr zu sterben. Denn selbst, wenn die Prophezeiung es so vorsah, würde er alles daran setzen die Menschen vor ihren Ängsten und Gefahren zu befreien, bevor das Schicksal ihn ereilte. August hatte sich Felipa gewidmet, sodass Charlie sich nach seinem Vater umsehen konnte. Romulus lag reglos auf dem kalten Steinboden. Sein Kopf blutete und ein kurzes Schwert steckte in seiner Brust. Charlie bückte sich über den leblosen Körper seines Vaters, aber er hatte keine Zeit, ihm zu helfen, denn im selben Moment traf ihn selbst ein Zauber. „Dolier!" Die Frau, die ein paar Monate zuvor mit Antek am Feuer gesessen hatte, war dazugestoßen. „Nein Enya!" schrie Antek, aber die Schlacht und Schmerzensrufe übertönten seine Stimme. Der Fluch hielt Charlie auf dem Boden fest, er konnte sich nicht bewegen oder umsehen. Sein Blick war auf seinen Vater gerichtet. Es war ein schlimmes Gefühl, das Leid der anderen zu sehen, ohne ihnen beistehen zu können. Charlies Schmerzen wurden immer unerträglicher. August lag ebenfalls am Boden und hielt sich das Bein. Die Schmerzen ließen nicht zu, dass er aufstand, aber sein Blick lag auf Antek. Man sah ihm an, dass er seine Energie aus der Liebe zog. „Libero!" rief er mit einem Blick auf Charlie und der Fluch um ihn herum löste sich langsam auf. „Peanition!"

murmelte Charlie in sich hinein, bis ein zielsicherer Blitz auf Felipa traf. Felipa wurde schwächer. Man sah ihr an, wie die Zauber und Flüche an ihren Kräften zehrten. Nach unzähligen weiteren Zaubern fiel sie zu Boden, wo sie leblos liegenblieb. Sie blinzelte ein letztes Mal, bis selbst das letzte Fünkchen Leben aus ihr verschwunden war. Die Boshaftigkeit regierte weiter ihre Züge, aber das Glück über ihren Sturz machte Charlie glücklich. Enya stellte sich über ihren Leichnam und musterte ihn genau, in der Hoffnung sie vor ihrem Schicksal bewahren zu können. Ihr Mund war geöffnet, ihre Augen leer und glasig. Eine kleine, undefinierbare Wolke nicht größer als ein Staubkorn, entfleuchte aus ihrem Körper und flog über ihre Köpfe hinweg aus dem Raum raus. Charlie ahnte nichts Gutes und musste an die Worte der Arkkönigin denken. Er wandte sich erneut Romulus zu, der immer noch kein Lebenszeichen von sich gegeben hatte. Er näherte sich ihm und zog das Schwert mit einem schmatzenden Geräusch aus dessen Körper hinaus. Das Geräusch löste Ekel in ihm aus und er musste sich zusammenreißen, um sich nicht zu übergeben. Mit seinen letzten Kräften heilte er die offene Wunde. Er hoffte, dass sein dürftiges Wissen dieser Aufgabe gewachsen war. Er war geschwächt und seine Wunden waren unverändert, doch nun tänzelte Freude auf allen Gesichtern. So sehr ihre Gliedmaßen auch schmerzten und so sehr das Blut an ihnen heruntertropfte, sie hatten es geschafft. Felipa war gefallen! Wieder hallten die Worte der Arkkönigin in seinem Kopf, aber fürs Erste war er glücklich. Charlie ließ seinen Blick über das furchtbare Blutbad gleiten. Es erschütterte ihn, zu sehen, was sie angerichtet hatten. Romulus' lebloser Körper lag flach wie ein Blatt auf dem kalten Steinboden. Tränen rannen über Wangen und liefen erschrockene Gesichter hinab. Ab und zu küssten die schweren Tränen sanft den Boden. Mit seinen letzten Kräften wirkte Charlie verzweifelt den Zauber. Er hielt in so lange, dass er die Erschöpfung spüren konnte. Er spürte die Magie, die an seinen letzten Kraftreserven zerrte, doch Romulus rührte sich nicht. Charlie versuchte seiner eigenen Erschöpfung standzuhalten, aber nach wenigen Sekunden sackte auch er zusammen, mit dem einzigen Unterschied, dass er noch bei Sinnen war. Gedämpft drangen die Stimmen seiner Umgebung in sein Bewusstsein. Sein Verstand war so klar, wie lange nicht mehr. Er wollte nicht wahrhaben, was eben geschehen war. Er wusste, dass es anders war. Es musste anders sein. Sein neugewonnener Vater konnte nicht tot sein! Charlies Emotionen sagten es ihm und irgendwo tief in ihm entsprang ein Fünkchen Hoffnung. Eine Hoffnung, die er in die Welt tragen würde. Irgendwo in seinem Hinterkopf vernahm er Anteks Stimme, aber er ignorierte es. Mit einem Mal war er so von Energie gepackt, dass ihm alles gelingen würde. Charlie rappelte sich auf und rief aus voller Kehle: „Sano!" Ein Heilzauber, den August ihm vor einiger Zeit beigebracht hatte. Es war nicht das Wort, dass dem Zauber die Macht verlieh, sondern die Zuversicht, dass es klappen würde. Charlie konnte spüren, wie die Magie durch seine warmen Handflächen hinaus auf die leblose Hülle seines Vaters, wirkte. Eine flackernde Wärme entstand zwischen seinen Händen und dem Körper. Seine Kraft ließ nach, aber sein klarer Geist stärkte ihn mit neuer Energie. Als er seine Augen aufschlug, die ihn die Konzentration gezwungen hatte zu schließen, sah er hinab auf seinen Vater. Romulus öffnete langsam seine Augen, er wirkte erschöpft und war dem Tod näher als dem Leben, dennoch war er wach. Charlies Bauch kribbelte vor Freude. Er war glücklich über seine eigens vollbrachte Tat, wie er es noch nie zuvor gewesen war. Langsam kehrte das Leben zurück in Romulus Körper. „Ich", begann Romulus, es dauerte eine Weile bis er angestrengt weitersprach „Ich....Ich bin stolz...auf...auf...dich, mein Junge! Charlie. Du hast mir das Leben wiedergeschenkt!" Er hatte es geschafft! Tränen rollten ihm über die Wangen. Auch August weinte. Zuerst hatte Charlie gedacht, es sei die Freude seinen alten Freund am Leben zu wissen. Doch als er Augusts Blick folgte, sah er Felipe, der mit einem Schwert in der Brust da lag, seine Augen waren glasig, sein Gesicht blass. Aber in seinem Blick war noch immer ein stummes Lächeln gezeichnet. Mit letzten Kräften stand Charlie auf und ging auf August zu. Er setzte sich neben ihn auf den Boden und auch wenn er Felipe nie sonderlich gemocht hatte, versetzte sein Verlust ihm einen Schlag. Schreckliche Schuldgefühle plagten Charlie, obwohl er die Erklärung dafür nirgends finden konnte. „Es ist alles gut Kleiner, du hast nichts verbrochen. Felipe ist im Kampf gefallen. Er ist als Held gestorben!" sprach Antek im Geist zu ihm, seine Gedanken kamen bruchstückhaft, als würde er ebenfalls weinen und als er ihm ins Gesicht sah, konnte er die dicken Tränen sehen, die sein trauriges Gesicht zeichneten. Am anderen Ende des Raumes erblickte Charlie seinen Vater, der sich damit abmühte, sich aufrecht hinzusetzen. Er war immer noch zu verwundet, um sich bewegen zu können. Charlie stand auf und ging auf ihn zu. Er hatte Schmerzen, aber die Gesundheit seines Vaters war ihm gerade wichtiger. Als er ihn erreicht hatte, hatte Romulus es gerade geschafft sich aufrecht hinzusetzen, sodass Charlie sich neben ihn kniete. „Ich bin so stolz auf dich mein Junge!" flüsterte Romulus. Charlie lächelte. „Sei so gut und gib mir die kleine Flasche aus meiner Tasche!" forderte er ihn nun lauter auf, aber immer noch geschwächt. Charlie griff in seine Tasche und zog die Flasche heraus. Seine Hand war blutbesudelt, was ihn immer wieder aufs Neue abschreckte, aber das Glas der Flasche glänzte wie eh und je. Er hielt sie seinem Vater vor die Nase, der den Korken mit einem ‚Plopp' herauszog und sie Charlie hinhielt. „Trink." Charlie roch an der Flasche. Blauer Dampf stieg daraus auf, der Geruch erinnerte an einen Sommerregen. Er nahm einen heftigen Schluck und es überraschte ihn, wie es ihn stärkte. Energie durchströmte seinen Körper, bis auf die letzte Zelle. Ihm wurde warm und die Freude des Sieges verdoppelte sich, als seine Schmerzen nachließen. Er gab seinem Vater die Flasche zurück, der gleichfalls einen großen Schluck daraus nahm. Charlie stand auf und lief zu den anderen hinüber. Als er sah, was ihre Körper zuvor verborgen hatten, wurde er blass. In seinen Augen standen die Tränen, er hatte gewusst, wie ein Kampf enden würde, aber das Bild aus Blut und Elend, das vor ihm lag, erschreckte ihn dennoch. Der metallische Geruch von Blut stieg ihm in die Nase, der Geruch ließ ihn übel werden. „Lasst uns von hier verschwinden!" August drückte sich nach oben und streckte sich. Sein Kopf wies schreckliche Wunden auf, die durch geronnenes Blut verdeckt wurden. „Wartet!" rief Antek entschlossen mit Tränen in den Augen, Tränen der Freude. Er rannte los, den Kurs auf Felipas Thron und die Augen auf den gewaltigen Drachen gerichtet. „Fjodor, du bist gerettet. Wir können tun was wir wollen. Zusammen!" Wie als Antwort stieß Fjodor einen lauten zustimmenden Schrei aus.

Kapitel 13

Sie verließen die Burg über die Wendeltreppe, über welche Charlie zuvor von der Prophezeiung erfahren hatte und liefen über den Innenhof. Erst als die frische Luft um ihre Nasen wehte, spürten sie die von sich abfallende Last und das Gefühl des Sieges breitete sich nun noch deutlicher in ihnen aus. Sie waren auf dem Weg nach Arkstadt als Charlie fragte: „Wo ist sie? Meine …" er zögerte ehe er weitersprach, „Mutter?" August seufzte, bevor er sich dazu äußerte: „Wir wissen es nicht, wir können es nur vermuten! Wir müssen hoffen, dass sie Vernunft walten lässt, denn wenn nicht, kann es schlimme Folgen haben und das nicht nur für uns, wir haben auf sie gebaut doch am Ende war es unsere Vernunft, die uns den richtigen Weg gewiesen hat!" Er erklärte ihm nichts, aber Charlie wollte auch nichts weiter wissen. In der Ferne blitzten die bunten Zinnen von Arkstadts Palast im Licht der untergehenden Sonne. Als sie die Stadt betraten war es ruhig. Die kühle Nachtluft hatte die Bewohner in ihre Häuser und Hütten gedrängt, wo sie den Abend ausklingen ließen. Sie durchquerten das große Schlosstor und machten sich auf den Weg in Richtung Thronsaal. Charlie erkannte die vielen Flure, durch die sie liefen wieder, die liebevoll gestalteten Wandbilder hatte er nicht vergessen. Die Tür zum Thronsaal stand offen, die Königin saß gerade auf ihrem Thron. In der einen Hand hielt sie ein Zepter, in der anderen eine lange Rolle Pergament auf der ihr Blick verharrte. Sie wendete ihren Blick erst ab, als August ein leises Hüsteln von sich hören ließ. Sie lächelte. „Ihr habt es geschafft!" „Ja das haben wir!" stöhnte Antek glücklich. Ihr Blick wanderte zu ihm hinüber und es schien, als würde sie ihn jetzt erst bemerken. In ihren Augen glitzerten Tränen. „Ich habe immer gewusst, dass ihr es schaffen werdet! Antek, August. Meine Söhne! Ich bin so stolz auf euch. Auch euch Romulus und Charlie, bin ich zu tiefstem Dank verpflichtet!" Charlie wunderte, dass sie seinen Namen kannte und obwohl er von Augusts Stellung als Prinz wusste, wurde es ihm erst jetzt richtig bewusst. Charlie lächelte. „Mutter, ich werde mit Charlie und Romulus nach Amatopien ziehen. Ich habe Thorid meinen Treueeid geschworen und werde sie auch weiterhin als meine Lehnsherrin unterstützen. Ich lehne mein Amt als Thronfolger ab! Antek wird es übernehmen!" Antek erschrak, aber er lächelte. „Ich akzeptiere deine Entscheidung August, aber du musst mir versprechen deinen Bruder in schwierigen Entscheidungen zu unterstützen und ihm zur Seite zu stehen, sollte es nach meinem Tod erneut zu einem Krieg kommen. August streckte seine Hand in die Luft und legte die andere auf die Brust. Dann sprach er deutlich: „Ich schwöre, meinen Bruder in seinem Amt als König in schwierigen Entscheidungen zu unterstützen und im Falle eines erneuten Kriegs an seiner Seite zu kämpfen!" Antek verbeugte sich tief und sagte dann: „Ich danke dir August!" „Du bist ein Schicksalsträger. Du und Charlie, ihr seid noch nicht fertig! Ihr werdet bis zum Tod dem Schicksal dienen müssen. Du hast es verdient! Wenn du uns entschuldigst Mutter, Thorid wartete schon zu lange auf Neuigkeiten!" „Tut was ihr tun müsst August. Antek wird bei mir bleiben und mir erzählen, was in eurer Abwesenheit geschehen ist. Ich will euch nicht verunsichern, aber denkt daran, der Kampf ist noch nicht gewonnen!" August verbeugte sich und verließ dem Saal mit einem Lächeln auf den Lippen. Auch Romulus war glücklich, aber Charlie ließen die Worte der Königin nicht los. Sie liefen ein Stück, hinaus aus dem

Dorf bis sie nahe genug waren, um einen Zauber zu benutzen. „Byeko!" riefen sie und verschwanden in der Nacht. In der Dunkelheit konnten sie nicht viel erkennen, aber die Fenster des Thronsaals waren beleuchtet. Sie nahmen den schnellsten Weg, um Thorid auf den neuen Stand zu bringen. Thorid lief vor ihrem Thron auf und ab, die Hände auf dem Rücken verschränkt. Ein Lächeln umspielte ihre Lippen als sie die drei erblickte. „Wir haben es geschafft!" erzählte August. Seit seinem Rücktritt als späterer König war er ausgesprochen glücklich, was sich in seiner Stimme ebenfalls widerspiegelte. „Ich wusste, dass ihr es schafft. Wo ist Felipe? Als ich ihn am gestrigen Tag zu mir zitierte war er nervös, ich wusste nicht warum, aber er sagte etwas von Kampf, und seiner Mutter, er redete von Blut und Verlust. Ich wusste nicht, wovon er sprach. Er war wie besessen, euch aufzusuchen." Romulus ergriff das Wort: „Ich weiß Thorid, ihr würdet gern andere Neuigkeiten erhalten, aber Felipe ist gefallen. Es war zu spät. Kein Zauber, der uns nicht selbst umgebracht hätte, hätte ihn retten können!" Thorid weinte. „Sein Verlust schmerzt, wir werden ihn in Erinnerung behalten und wenn es möglich ist, werden wir Vergeltung üben. Doch jetzt ist alles gut. Legt euch schlafen, wir kümmern uns morgen um eure Abenteuer. August bleib bitte noch einen Augenblick hier." Charlie und sein Vater verließen das Schloss als hinter ihnen ein vertrautes Geräusch ertönte. Ein unmelodisches, hölzernes Klappern. Pippa kam auf sie zu gerannt, die blaue Zunge aus dem Mund hängend. Gemeinsam machten sie sich auf den Weg in ihre Hütte. Die nächsten Tage waren lang, immer wieder kam jemand auf sie zu und wollte von ihren Abenteuern hören. Charlie war glücklich. Auf seiner Reise hatte er sich verändert. Er war zu einem jungen Mann herangewachsen. Er hatte das Leben kennen und lieben gelernt und das Leben, dass ihn bedrückt hatte, endlich hinter sich gelassen. Er hatte seine Familie gefunden und zumindest einen Teil davon behalten dürfen. Das Glück hatte ihn zwar auf Umwegen, dafür aber mit offenen Armen empfangen.

FSC
www.fsc.org
MIX
Papier | Fördert
gute Waldnutzung
FSC® C083411

Zeitfracht Medien GmbH
Ferdinand-Jühlke-Straße 7
99095 Erfurt, Deutschland
produktsicherheit@kolibri360.de